Doña Gertrudis

Tercer tomo

Alberto López Sanjurjo

Alberto López Sanjurjo - Doña Gertrudis – Tomo III

Depósito legal: 2025

ISBN: 978-2-493729-41-5

El reencuentro

I

En la cama se acostó Gertrudis, abierta la ventana y cerrados los ojos. Invadió el aposento un dulce céfiro, estremeciendo algunas hojas sueltas del escritorio y el suave cutis de su figura. No lograba entender ella lo que le estaba pasando y, sin embargo, muy feliz se sentía. Apenas había regresado de la capital donde pensaba instalarse cuando, de golpe, volvió a entrar Gabino en su vida. Era como un torbellino que la embriagaba y arrebataba. Al franquear el portón de la casa de doña Virginia, quiso contarle a ella todo lo que le estaba sucediendo pero tan solo aceptó un refrigerio que compartió brevemente con ella en la cocina cuyas persianas estaban a medio cerrar por el bochorno del día. Si bien se dio cuenta la señora de que algo muy auténtico le estaba ocurriendo, por instinto o, tal vez, porque todavía no se lo creía ella misma, guardó silencio Gertrudis. Era verano, ya habían terminado las clases, se había graduado de contadora, regresaba de la capital quizás con la promesa *de una contratación laboral y eran suficientes motivos, según doña Virginia, para ser feliz. Todavía no realizaba Gertrudis, todo era tan reciente. Pero creía en Gabino como nunca había creído en él y esa fuerza, reciedumbre y ese brío que de su ser emanaba, no podían engañarla. La había engañado una vez pero había pasado el tiempo. Se sentía ella más madura, más segura de sí misma y lo miraba de otra forma. El también se miraba cambiado. No era ya ese joven con quien había tenido un amorío sino un hombre responsable, formal, serio, generoso y apasionado. Hablaba de su negocio con mucha responsabilidad y sensatez, entusiasmo y pasión pero sin nunca preciarse. Le había contado él todos los pormenores de las obras y reformas y la manera con que había acomodado y arreglado las tiendas, que estaban bajo sus órdenes diez personas y que quería llevarlas a todas hacia los nuevos retos que exigían los tiempos venideros. Le contó sus primeras riñas y batallas con su padre, con sus dos "vice", cuestión de generación, le había dicho, risueño, seductor y algo eufórico. Y ella se desternillaba de risa, se quedaba maravillada por sus relatos de flamante y moderno empresario. Había notado ella que, en poco tiempo, había logrado Gabino elevarse con el solo empuje de sus esfuerzos, convicciones y habilidades naturales para el negocio. Y eso le impresionaba muchísimo. Esta-*

ba convencida de que este Gabino ya no era aquél a quien conoció en Peñablanca, ese modesto y humilde vendedor sino otro hombre, un negociante y empresario de talento. Y este Gabino, tan generoso, liberal y pródigo era sin lugar a dudas la persona a quien amaba. Todavía no se explicaba cómo habían reanudado tan velozmente pero lo achacaba ella a las fuerzas del amor. Siempre la había amado él como se le había escrito en su última carta pero en aquel momento, ella nunca se lo creyó.

En pocas semanas, la suerte estaba hecha y le costaba admitir esa nueva realidad que muy pronto haría de ella una dama. Hasta el momento y de común acuerdo, solo se veían los días de semana o bien en casa de Gabino o bien en distintos lugares de la ciudad, paseando como jóvenes enamorados ansiosos y ávidos de compartir una vida común. Y la verdad fue que se quedó pasmada y admirativa Gertrudis al invitarla Gabino a visitar el Manjar de los manjares después del cierre. La tercera vez, cenaron en el rincón gourmet de la tienda, ejerciendo él de camarero y fue esa precisa noche cuando le propuso ser la contadora del Manjar. Recibió ella la noticia con estupor, asombro y vértigo. No supo qué decir y terminó por rechazar la propuesta de Gabino pretextando su impericia en el oficio. No insistió él pero le pidió que lo pensara *detenidamente, que él necesitaba de ella no por ser su novia sino por ser joven, diplomada en esa carrera, abierta a las nuevas corrientes del negocio y mercadeo y, además, alguien de confianza, que eso sí era sumamente importante en la gerencia empresarial. Una noche de tantas, en su casa, después de una sabrosa cena con champan, supo Gabino con mucho tacto conseguir su objetivo y vencer sus últimas resistencias. Aceptó que hiciera ella una prueba y que si no se sintiera a gusto, tendría toda la libertad de irse y buscar un trabajo donde quisiera, que él no se ofendería por ello. Y cuando le habló de salario Gabino, tema que se negaba a abordar ella, se atragantó Gertrudis de la sorpresa y del contento. Saltó el corcho de champan y saltó en brazos de Gabino, devorándolo a besos. Esa noche fue la primera en que no regresó a casa de doña Virginia. Ya no le importaba nada. Tan solo estar con Gabino. Al regresar al día siguiente por la mañana, hizo doña Virginia la vista gorda. Ni la regaño, ni fingió regañarla, recordando tal vez sus mocedades. De todas formas, ya sabía doña Virginia que estaba a punto de irse definitivamente de su casa Gertrudis y que había colmado ella, con su linda presencia, muchos silencios de la vejez.*

Reclinada en la cama, pensativa y meditabunda, estaba Gertrudis a la vez impresionada y amedrentada por los nuevos y raudos vientos que atravesaban su tierna vida. Todo había sido tan repentino y rápido. Inconscientemente, pensó ella, medio dormida, acababa de separarla de Victoria y de la capital el destino para volver a entregarla en manos de Gabino.

II

Aprovechó Gabino el periodo estival para presentar a su futura a su padre. Llegaron a Peñablanca el sábado por la tarde tras un fastidioso viaje no tanto por la distancia sino por lo atiborrada que estaba la diligencia y el calor asfixiante que hacía en la caja. Al arribar a la estación, se sintieron aliviados y se pusieron a caminar cogidos de la mano hasta la casa de Gabino, saboreando cada instante de ese reencuentro. Sin decírselo el uno al otro, ambos experimentaban una gran satisfacción y deleite de volver a Peñablanca juntos, donde poco hacía, se habían separado sus caminos y adónde iban ahora a hacer público su compromiso. Los acogió doña Sofía con mucho cariño y, de inmediato, se sintió Gertrudis en confianza. Todavía no había regresado don Pedro de la marroquinería.

-¿Qué tal hijos? –siéntense. Pónganse cómodos. Les voy a traer un refresco y algún refrigerio.

-No te molestes- Sofía, lo voy a hacer yo.

- Descansen hijos, yo sé que esos viajes con el calor que hace son demoledores. Mejor sube las maletas y así le enseña a tu prometida su cuarto.

-Se llama Gertrudis, Sofía.

Ya estaba Sofía en la cocina.

-¿Qué tal estás?, cariño. Te sientes bien –le preguntó Gabino acariciándole la mano.

- Muy bien, Gabino –contestó ella, sonriente.

-¿Te gusta la casa?

-Claro que sí. Muy preciosa y fresca. Desde afuera no parece tan espaciosa -contestó ella siguiendo con la vista el largo corredor, la amplia sala y el coqueto salón donde arrellanados estaban ellos en unas confortables butacas de cuero.

-Más tarde la visitaremos. Te va a encantar. Me gustaría tener una así pero aún más grande.

Ella lo miró a los ojos con afecto y sonrió.

Llegó doña Sofía con una bandeja cargada de manjares y la puso delicadamente en la mesa de caoba. Luego removió lentamente la garrafa de horchata que exhaló un dulce y refrescante perfume y vertió el zumo en dos grandes vasos llenos de cubitos y se dirigió a la mesa baja del salón en la que dispuso los dos platos con finas galletas caseras, jalea y chocolate así como las bebidas.

-Sírvanse, hijos.

-Muchísimas gracias, doña Sofía –dijo Gertrudis. Todo se ve muy apetitoso.

- Sabrás, cariño, que doña Sofía tiene dotes culinarias. Es una excelente cocinera.

-No seas mentiroso, Gabino –contestó ella- tan solo me las apaño.

-Doña humilde –contestó Gabino guasón, haciendo rabiar a quien consideraba su segunda madre.

-Bueno, les dejo, hijos -dijo doña Sofía- mucha faena tengo para la cena de esta noche.

-Quédese un rato con nosotros – se permitió decir Gertrudis.

-Muchísimas gracias, Gertrudis –contestó ella viendo a Gabino a los ojos- pero me resulta imposible. Ya se me hace tarde y la verdad es que tengo muchas cosas que preparar. No lo tome como una ofensa, señorita, mañana tendremos tiempo de conversar-. Y se despidió de ella con una sonrisa bondadosa.

Se fue doña Sofía en dirección a la cocina. En eso, se oyó el rechinamiento de la puerta de entrada. Ya había llegado don Pedro. A Gertrudis se le hizo un nudo en la garganta pero disimuló.

Ya iban las cosas en serio.

III

Se pusieron de pie Gertrudis y Gabino para saludar al padre. Este se acercó a Gertrudis, un tanto nerviosa y la abrazó afectivamente.

-¡Qué gusto conocerla, señorita! Usted es tal como me la había descrito mi hijo, apuesta y airosa.

-Muchas gracias, señor Serna – contestó Gertrudis, ruborizada.

-¿Y tú? hijo, siempre igual. No cambias. Tal vez un poco más delgado, ¿no le parece, señorita?

-Puede ser, don –replicó ella, con timidez y sorprendida por la franqueza del señor Serna.

Y le dio Gabino un fuerte abrazo a su padre.

-¿Cuándo llegaron? –preguntó don Pedro, quitándose el saco y poniéndose cómodo.

-Hace poco, padre. ¡Qué gusto verte!

- ¡ Cómo pasa el tiempo, verdad! Pero siéntense, siéntense. Nada mejor que una horchata para quitarse la sed. Vuelvo enseguida.

- Relájate, cariño -dijo Gabino a Gertrudis- No te pongas tan tensa -y se acercó a ella para darle un beso.

-¡Cuidado! ¡Cuidado! -que ya vuelve tu padre –dijo ella apenada.

Se sentó don Pedro en una butaca, un vaso de horchata en la mano.

-¿Usted conoce Peñablanca?

-Claro señor. Yo estudié dos años en el Instituto y luego me trasladé a Pozolindo.

-¿Así que conoce bien la ciudad!

-Ni tanto, señor. Solo era estudiar y por la tarde, regresaba a casa, a Santa Rosa.

-Usted es de Santa Rosa. ¡Vaya sorpresa! Yo tengo muy buenos amigos por allá. ¿Usted conoce a la familia Delsen?

-Por supuesto, señor, usted sabe que Peñablanca es como una aldea. Todo el mundo se conoce.

-Eso tiene su pro y su contra, ¿verdad, señorita? –contestó, divertido, don Pedro. Pero son los encantos de la vida pueblerina, digo yo. Todo se sabe y todo se enreda. De los Delsen, se dice y se han dicho, señorita, tantas cosas, uf, incluso antes de que naciera usted. Yo recuerdo a mi fiel amigo Julio, Julio Delsen, cuando se instaló en el pueblo con su esposa Carlota…

Ella se puso a sonreír.

-Como dice usted, don, son las agridulzuras aldeanas.

-¡Qué preciosa es tu prometida! - Gabino.

A ella se le subió la sangre a la cara y agachó la mirada.

-Te lo había dicho, cariño, mi padre es un enamorado de la vida.

-Como dices tú, Gabino, la vida no es tan solo el trabajo aunque éste es substancial y, en mi caso, no me quejo. Pero lo que más importa son los amigos y la fidelidad. Tal vez soy un utopista, ¿verdad, señorita? – y suspiró, bondadoso, el señor Serna como si su memoria se perdiera en el pasado. Y al darse cuenta, de repente, de que tan

solo hablaba de él, le hizo, a lo mejor sin quererlo, otra pregunta aún más embarazosa.

-¿Así que se quiere casar con mi hijo?

-Por favor, padre, no seas tan arrojado –exclamó Gabino.

-Pues sí. Lo quiero –contestó ella en tono firme.

-Ya ves, Gabino, las cosas sencillas son las más llanas. Tienes una novia encantadora.

-Gracias, don. Es usted muy amable –contestó Gertrudis, serenada.

-¿Me imagino que estarán algo cansados y quieren, tal vez, descansar o refrescarse antes de la cena? ¿Le ha enseñado Sofía su aposento?

-Todavía no, padre. Pero ella dijo que estaban listos los dos cuartos. Yo me encargaré de subir las maletas. No te preocupes. Y ¿por qué no hacerlo enseguida? ¿No te parece, cariño?

-¿Por qué no?

Y ambos se levantaron.

-Bueno, padre, nos vemos pues en la cena. La verdad es que una dormida nos sentaría bien.

Sonrió Gertrudis y se levantó el padre.

-Es un placer conocerla, señorita, estoy convencido de que se sentirá de maravilla en esta casa que de hoy en adelante es suya.

-Es usted muy generoso, don Pedro –contestó, emocionada, Gertrudis.

Y los vio alejarse don Pedro, recordando los tan breves e intensos años pasados con su esposa Clarisa cuando todavía estaba la casa construida a medias. En aquella época, el primer piso no era más que un desván donde se almacenaban los venideros proyectos y al que se accedía tan solo por una escalera de molinero. Tampoco existía el salón –dijo entre sí don Pedro. Se alisó el bigote y tomó el último sorbo de horchata cuyo sabor y cuya fragancia lo transportaron de súbito a los cultivos de su viejo amigo Julio Delsen quien se había hecho famoso por producir una de las primeras horchatas de la región en base a chufas que él mismo se había puesto a cultivar.

IV

Estaba situada la casa de don Pedro a algunos pasos de la Plaza mayor, entre el parque y la explanada donde acababa de celebrarse el mercado sabatino y desde la ventana del cuarto de invitados, observaban Gertrudis y Gabino a los últimos mercaderes que iban desmontando las lonas, desarmando los puestos y recogiendo los productos sin vender metiéndolos en cajas. Poco antes, habían llegado racimos de gente de las afueras, pobres, indigentes y menesterosos con sus hijos. Se ponían a regatear para que les hicieran un buen precio o chachareaban con los vendedores para que les regalaran algunas frutas o verduras de las más maduras o dañadas. Otros hurgaban en las cajas y cartones apilados de aquí para allá, recogiendo de paso colillas o cualquier cosita a la que encontraran alguna utilidad bajo las miradas de los basureros y barrenderos del ayuntamiento que, por su parte, habían tenido tiempo de apartar su propio botín.

Era un atardecer bochornoso y luminoso que todavía reflejaban intensamente los muros encalados. Estaban desiertas las calles y solo oíanse la resonancia de algunos que otros cascos de caballos en las calzadas pavimentadas o las rechinantes ruedas de algún coche o carretón. Todavía se mantenían cerrados o a medio cerrar los postigos o contraventanas. Dentro de unas horas, Peñablanca sería otra. Empezaría a recobrar vida, animación y bulla nocturna tal como la había conocido Gabino poco hacía.

-¿No lamentas haber dejado Peñablanca, Gabino?

-Ni he tenido tiempo de pensar en ello. Tantas cosas pasaron en tan poco tiempo –y la agarró por la cintura. Ahora que estamos juntos, cariño, me siento como nuevo. ¿Cómo explicarte? Tú me das mucho, mucho más de lo que piensas. Me siento con más fuerza, con más ganas de hacer cosas. Antes me las arreglaba solo y solo pensaba en mí. Tenía una vida de solitario empedernecido. De hoy en adelante, tengo que pensar para los dos. Dentro de poco, vamos a formar una familia. Tenemos que aclarar nuestra situación con nuestros padres, decidir adónde vamos a vivir, formalizar lo de tu empleo…

-Y de nuestra boda- agregó ella, risueña y tierna, viéndolo a los ojos con mucho amor. Quiero que sea una boda a lo grande, inolvidable, que tenga lugar en un castillo o una casa señorial con un parque lindísimo y que lleguemos allí los dos, vestidos de casados, en una preciosa carroza tirada de seis caballos adornados con brillo y que los convidados nos miren bajar de ella, fascinados y deslumbrados desde la explanada del castillo.

-Claro mi amor, todo lo que quieras -añadió Gabino, estrechándola dilatadamente en sus brazos. Ya ves, ¿quién lo hubiera dicho? Ahora tenemos toda la vida por delante y me siento impaciente. ¿Qué raro, no? ¿Y tú?

-Yo también, Gabino. No te imaginas hasta que punto. Sueño con ser feliz como nunca lo he sido y veo que tú me estás dando esa dicha.

Y la llevo Gabino en brazos a la cama. Estaban enlazados y empezó Gabino a desabotonar su lindo vestido de muselina cuando de repente se incorporó ella, preocupada:

-No se puede, Gabino. Lo siento. No se puede. Te imaginas si se presentara doña Sofía. ¡Qué vergüenza pasaríamos!

Se carcajeó Gabino.

-Así te lo digo – contestó ella, agitada y molesta. No me mires así. No oíste lo que dijo doña Sofía: "les alisté dos cuartos".

-¿Y qué?- contestó Gabino, divertido y alborozado. Y pensó recordarle las noches pasadas juntos en una fonda no tan alejada de su casa cuando decía ella a sus padres que se quedada los fines de semana a estudiar donde amigas suyas. Pero prefirió callar tal vez para no despertar en ella malos recuerdos.

-Puede ser que se aparezca doña Sofía para ver si todo está bien, ¿te das cuenta? –dijo ella en tono decidido.

-Bueno, me voy al mío pues –dijo él en broma. De todas formas, hay tan solo una puerta que nos separa.

- No te enfades, Gabino. Hay que ser prudente y precavido. No quiero estar mal con tu familia por un arrebato de locura. Y apenas llegamos.

-Te entiendo –contestó él, solazado, recordando su cuerpo desnudo en la penumbra de la fonda.

-Hemos de alistarnos para la cena, mejor- dijo ella, poniéndose de pie.

-Tienes razón, cariño. Voy a trasladar mis cosas al cuarto vecino. Mejor preservar las apariencias, como dices tú aunque te lo digo francamente, no veo por qué dormir en cuartos separados.

-Así son las cosas Gabino- suspiró ella. Hay que respetar las costumbres o las tradiciones como quieras tú llamarlas. ¿Por qué herir a la gente por nimiedades? Dentro de poco, estaremos de regreso a Pozolindo.

Vaya hipocresía, pensó en su fuero interno Gabino, abriendo la puerta que daba a su cuarto y dijo:

-Bueno cariño, voy a prepararme y cuando estés lista, llama por favor a la puerta para que salgamos juntos.

Y la cerró ella, esbozando una sonrisa. Cada quien se quedó detrás de la puerta un ratito para ver si la abriría el otro. Pero más pudieron las conveniencias.

V

Había pasado divinamente la opípara cena. Complacida y algo cansada, se había retirado Gertrudis a su habitación. Estaban Don Pedro y Gabino hablando a solas, cómodamente sentados en las butacas del salón alrededor de un añejo brandy.

-Se lo repito, padre. No es precipitación alguna.

-No quiero que haya ningún malentendido, hijo. Solo quiero decirte que no hay que arrojarse a tomar decisiones inconsideradas y, sobre todo, en materia de amor, porque de eso se trata ¿verdad?

-Claro que sí, padre. De eso no dudes. Yo la amo y quiero casarme ya.

- Ese "ya" me molesta un tanto, Gabino. Te lo repito y te lo digo con el corazón en la mano porque eres mi hijo. Tómate el tiempo de hacer las cosas, de pensarlo bien, de reflexionar. Son muy jóvenes los dos y hace poco que están juntos. A mi modo de ver, no se conocen lo suficiente. Y te recuerdo, hijo, que el fin de tu relación con Betty acaba de entorpecer la mía con sus padres, a quienes mucho aprecio.

- Son otros tiempos, padre y no lo tomes, por favor, como una ofensa o atrevimiento mío.

-En cuestiones de amor, hijo, créeme, no hay ni pasado, ni futuro, ni presente.

-Entonces no quieres que nos casemos.

-¡Qué despropósito es éste! ¡Hijo, por favor! Por supuesto que sí. ¡Cómo voy a negarme yo a que se case mi hijo con una señorita tan buena y linda! Lo que digo con toda simplicidad es que no hay ninguna urgencia. Esperen un año, que sé yo.

-¡Un año! –exclamó, irritado, Gabino.

-Sí, doce meses, hijo. Así al cabo de ese periodo, se habrán descubierto y conocido el uno al otro. Y así no habrá ni sorpresa ni desventura alguna, que siempre las hay por supuesto, la vida no es color de rosas pero habrán tomado una decisión reflexionada, madurada y no *impensada ni desrazonable. Escúchame, Gabino, que es por tu bien que lo digo. Y además, hijo, hablando de otros tiempos, no soy de esos beatos y devotos que te van a impedir compartir vida y cama con tu novia antes de casados. Lo sabes muy bien. Lo veo ridículo. ¡Una estupidez! Solo te digo, Gabino, que es mejor esperar para no desilusionarte después.*

-Es tu opinión, padre y la respecto como tal. Pero Gertrudis y yo, ya lo hemos hablado juntos, nos queremos casar ya.

-Está bien, hijo. ¡Salud y felicidad! -Y levantó su copa don Pedro para brindar con su hijo.

No supo Gabino si lo hizo su padre entre bromas y veras y, tras el brindis, hubo un silencio que paralizó a Gabino.

-Y el negocio, hijo, ¿todo bien?

Todavía estaba refunfuñando entre dientes Gabino. Nunca se habría imaginado que se padre se hubiera enfrentado a él sobre esos temas. Y eso le dolía. Se tomó un largo sorbo de brandy como para darse ánimo porque tenía que anunciarle otra nueva y no veía porqué esperar otro momento. Al hierro candente batir de repente, pensó entre sí.

-Muy bien, padre; con las innovaciones comerciales y de mercadeo, todo funciona de maravilla. La cifra de negocio duplicó en medio año y pronto abriré mercado con Italia.

-Me alegro, hijo. Te felicito. Así que solo son buenas noticias.

-Por otra parte, quiero informarte de una decisión mía que he tomado. Pero claro que no se hará realidad sin tu visto bueno.

-¿De qué se trata, hijo? – contestó el padre con un átomo de preocupación.

-Se trata de Gertrudis.

-¿De Gertrudis? – preguntó, asombrado, don Pedro.

-Sí, de Gertrudis. Tal vez no te lo había contado por exceso de trabajo o se me había escapado pero ella acaba de graduarse de contadora y pienso que sería bueno reclutarla.

-Pero si se encargan de la contabilidad Antocha y Altamirano. ¿No entiendo?

-Lo sé. Pero creo que sería más racional, desde un punto de vista gerencial, que el puesto de contador esté en manos de una sola persona. Eso nos ahorraría tiempo y ganaríamos en claridad.

-No veo por qué. Ambos hacen su trabajo a la perfección y siempre tenemos cuentas claras y legibles que eso es lo más importante. Y además, serían nuevos gastos salariales.

- Pero pronto se jubilarán Antocha y Altamirano, padre.

-Y pronto me jubilaré yo también, hijo mío. Pero seguiré siendo el patrón de la empresa. No te lo olvides, hijo mío. El dueño soy yo y lo seré hasta mi muerte.

- Lo sé –contestó Gabino, conciliador. Lo tengo bien claro, no lo dudes. Pero padre, no me puede negar que a la empresa le faltan dinamismo, innovación y juventud. Ella es joven. Sabe de las nuevas técnicas de previsión empresarial. Usted mismo constató que aumentó la cifra de negocio en poco tiempo. No es fruto del azar, padre, sino de los nuevos métodos. Y ya hablé con ella.

-¿Hablaste con ella? – dijo el padre con irritación.

-Hablé con ella de lo que pudiera aportar ella a la empresa con tal que la contratáramos, por supuesto, padre.

-Es lo que te estaba diciendo –contestó don Pedro, frunciendo el ceño. Ya hablaste con ella –le dijo en tono seco.

-Claro. Ella es muy competente y además es mi esposa.

-Tu futura esposa, hijo. Tu futura esposa... Bueno, hijo –dijo levantándose de la butaca el padre y dejando la copa de brandy en la mesita. Se me hace noche y, a mi edad, ya no soy tan madrugador para quedarme platicando horas y horas. Hay que consultar con la almohada.

Se fue don Pedro dándole una palmada en el hombro y se sirvió Gabino otro Brandy. Nunca hubiera pensado semejante reacción de su padre. Convencerlo será tarea ardua –pensó entre sí Gabino pero estaba seguro que tarde o temprano lo conseguiría. Pronto estaría su esposa en la familia y en la empresa.

VI

Al atardecer, en el camino de regreso a Pozolindo, Gertrudis y Gabino saboreaban las primicias de su vida común. Estaba Gertrudis muy contenta de la visita a casa de su futuro suegro. Se había mostrado muy gentil y atento con ella así como doña Sofía quien le había preparado una sabrosa tarta de manzanas así como un bote de nata casera para que se la llevara a casa. Tan solo le había dicho ella en el transcurso de una conversación que le gustaban las pastelerías para que le obsequiara a doña Gertrudis ese dulce detalle que llevaba en el coche con mucho cuidado. Muy bien la habían tratado y empezaba a sentirse aceptada en su nueva familia política. Estaba alegre Gabino al ver que a su novia se le iluminaba la cara de contento y no paraba ella de alabar a don Pedro por ser hombre educado, cortés y muy generoso. Irradiaba ella felicidad y claro que no quería Gabino contrariar dicha alegría. Prefirió callar las discordancias y disconformidades que había tenido con su padre y evocar ese lindo domingo que habían pasado juntos, paseando por las soleadas y animadas calles de Peñablanca y almorzando en un parador de la plaza mayor, no muy lejos de la tienda de abarrotes donde se conocieron y del colegio donde estudiaba ella unos años antes. Flotaba en la mente de Gertrudis una fragancia embriagadora que la envolvía en cuerpo y alma. A esa hora del atardecer y por ser domingo, podían disfrutar, solos en el coche, de los colores cambiantes del cielo y de la campiña sin darse cuenta del paso del tiempo. Unas siluetas encorvadas en una huerta le trajeron a la memoria la finca familiar. Hacía tiempo que no veía a sus padres, ni a sus hermanos y sobrinos, y la invadió una dulce morriña. Recordó los tiernos momentos pasados con Emilio y Eduardo leyéndoles una pieza de Lope de Vega en el patio de la casa tras su exitosa actuación en El duque de Santa Rosa. Rememoró la famosa fiesta en su honor y el lance matutino del toro embravecido digno de una comedia. Sus pláticas con Leandro le hacían mucha falta y se acordó también de Victoria y Antonia. En un futuro no tan lejano, tendría que decirles la verdad, que no pensaba ir a la capital a vivir con ellas. A lo mejor ya Antonia estaba comprometida con Plutarco del Carrascal y a Victoria, debería de contarle aunque le doliera, que había *reanudado con Gabino y que, esta vez, la cosa iba en serio y que pronto se casarían. ¿Cómo lo tomaría ella? ¿Aceptaría ir a la boda? De todas formas, A Gertrudis ya le daba igual. Más podía su amor por Gabino. Tampoco había querido o intentado ver a sus dos amigas Adelaida y Cándida en Peñablanca por lo que le habían dicho ellas acerca de Gabino aunque mucho las apreciaba y quería por los tan lindos momentos compartidos juntos. Y además, no era el momento. Todas esas dudas y preguntas se las hacía ella mientras corría el coche hacia Pozolindo y tenía la impresión Gertrudis de que el gran cambio ya se había dado, que era irreversible y de que no había modo alguno de retroceder. En ese único momento, tomó consciencia de la brevedad con que todo había pasado y le dio miedo. Se la atravesó un nudo en la garganta y temió equivocarse pero, de inmediato, tuvo la visión de sus padres y de lo contentos que se habían puesto ellos al saber que pronto se desposaría ella. Somnolienta y algo tensa pasó Gertrudis el fin del viaje, recostada la cabeza en el hombro de Gabino.*

Al llegar a la estación, ambos bajaron de la calesa, entumecidos los cuerpos y empezaron a caminar. No quisieron coger otro coche por la clemencia del sol y las abundantes brisas que refrescaban la ciudad. Llevaba Gabino las dos maletas y ella la cesta de mimbre. Pero al alcanzar el término de la avenida Buen Pastor, ambos se quedaron parados y se miraron de hito en hito sin decir ni pío. Esbozó una sonrisa Gabino y le dijo:

-Ya creo que ha llegado la hora, cariño.

- ¿La hora de qué? –preguntó ella, desorientada.

-La hora de qué te pases a vivir conmigo, ¿no te parece?

Miró Gertrudis alrededor suyo viendo caminar a los pasantes endomingados. Hubo un silencio que no supo interpretar Gabino:

-¿Y?

-¡Por qué no! Tienes toda la razón. Dejemos de fingir –contestó ella. Ya somos pareja ¿o no?

-Claro que sí. Bueno ¿a casa mía?

-A casa nuestra.

-Vale –contestó Gabino, a la vez sorprendido y divertido en razón a la inesperada réplica de su novia.

VII

En esa misma semana había traslado Gertrudis sus pertenencias a casa de Gabino e iba ella acomodando el piso a su gusto. Cada tarde, notaba Gabino un nuevo cambio en el apartamento y lo miraba él como una prueba de afirmación personal que en nada le molestaba. Sabía que necesitaría ella mostrarse firme cuando se concretara lo del puesto de contadora y trabajara en la empresa con Antocha y Altamirano. Ella tenía que ser fuerte, decidida y siempre de su lado. Las primeras pruebas no tardaron en presentarse no en la empresa, asunto todavía irresuelto y en suspenso, sino con la criada.

Como cada sábado llegó Nuria a casa de Gabino y cual no fue la sorpresa suya al constatar las numerosas transformaciones ocurridas en el piso. Sin lugar a dudas, una querida acababa de instalarse con el señorito. Se dirigió ella a la cocina y se asombró al verla, en camisón, desayunando.

-Disculpe, señorita, tendría la amabilidad de apartar sus cosas que yo tengo faena – y puso Nuria las cestas de compra en la mesa.

-Por favor, quíteme eso de encima. No ve que estoy desayunando.

-Buenos días, Señorita – le contestó Nuria con ironía.

-Por favor, no lo voy a repetir. Apárteme esa verdura y esos quesos hediondos de la mesa, que me está dando nausea.

-Lo siento. No hay donde ponerlos. No ve que la encimera está llena de trastes sucios. ¡Qué barbaridad!

Al ver que la criada no se movía, se levantó Gertrudis de la mesa, furiosa, y se llevó la taza de té al salón, refunfuñando.

No se descompuso Nuria y quitó de la mesa de la cocina el pan tostado, la jalea y la mantequilla y se anudó la cinta del delantal para, primero, fregar los platos. Y quien se cree ella –pensó entre sí Nuria arreglando el chorro del grifo- ¡vaya jovencita mocosa que se las da de *dama! ¿Quién será esa? ¡Otra cualquiera que ha embrujado al señorito! -Estaba limpiando la vajilla Nuria cuando, en eso, llegó la señorita-.*

-Tome, eso le incumbe – le dijo Gertrudis en tono desdeñoso y tendiéndole la taza de té con el platillo.

Dio la vuelta Nuria, las manos enjabonadas y le clavó una de esas miradas desafiantes a la que no pudo resistir la señorita.

-¡No ve que estoy ocupada! -le dijo, molesta e incisiva, la criada. Apáñesela sola, si puede usted.

-¿Pero quien se cree! Arrogante descortés- fulminó Gertrudis.

No contestó Nuria y volvió a hundir las manos en el fregadero.

Se fue de la cocina Gertrudis, estupefacta y encolerizada tras tirar la taza que resbaló encima de la mesa y, encendida en ira, dio un sonoro portazo que hizo que se encogiera de hombros Nuria.

Al terminar de fregar los platos, secarlos y guardarlos en sus respectivos armarios, quiso Nuria hacer la limpieza de la sala pero cambió de inmediato de idea. No vaya a ser -pensó ella- que esa cualquiera me ponga trabas e intente humillarme otra vez. Mejor esperar y preparar la cena. Se puso a sacar las compras de las cestas y a ponerlas en su lugar, dejando tan solo el pollo, las zanahorias, las papas, la cebolla y unas cuantas plantas aromáticas en la mesa. Olía riquísimo. Y se dio cuenta Nuria de que se le había olvidado las setas. Apagó el fuego, puso una tapa encima de la olla y desanudó el delantal. Abrió la puerta lentamente escrutando el horizonte. No estaba la señorita en la sala y aprovechó su ausencia para salir del piso con discreción sin olvidarse de las llaves. La creía capaz a esa odiosa presumida de dejarla afuera y quejarse luego con Gabino para que la despidiera. Ni dilató un cuarto de hora para comprar las setas Nuria y al abrir la puerta, dio de narices con ella.

-Y ¿Cuándo piensa hacer la limpieza de la sala? – le preguntó Gertrudis de mala manera.

-Disculpe, que la olla está hirviendo. Usted entenderá ¿verdad? No creo que a don Gabino le guste comer pollo quemado. Es una persona tan refinada y tan delicada que siempre me esmero en guisarle suculentos manjares. Y, por cierto, ¿sabe cocinar? –le preguntó Nuria, con malicia, dirigiéndose a la cocina, la bolsa de setas en la mano.

-¿Y qué le importa? Nunca me ha gustado. No me gusta ensuciarme. Por eso hay criados, ¿no? –le contestó, altanera, Gertrudis, siguiéndole los pasos a la criada.

Suspiró Nuria, tornándose a atar el delantal y le contestó:

-Quien poco sabe de guisado, poco sabe de marido-. Y empezó a cortar las setas con mucha maestría.

-Me quejaré con Gabino y, créame, no hablaré bien de su trabajo.

- El señor Serna es una excelente persona y a él no le gustan los excesos tanto en la cocina como en la indumentaria –replicó Nuria.

- ¿Qué está insinuando?- contestó, irritada, Gertrudis, frotándose el cuello del vestido como si estuviera manchado.

-No lo sé. Solo lo digo por compartir los fines de semana con don Gabino.

Y se puso coloradísima Gertrudis, pensando lo peor y mirando a la criada con ojos de platillos y venganza pero era como si no tuviera suficiente fuerza para callar a esa impertinente con lengua de víbora, de tan segura, inalterable e indestructible que parecía ella.

-Dejémoslo así, pero tenga la plena seguridad que estará al tanto Gabino.

-Mucho tiempo pierdo hablando, señorita, y mucha faena tengo por delante. ¡Muy buenos días!

Suspiró Gertrudis, excedida y rabiosa, y se fue precipitadamente de la cocina a su habitación. Se sentó, nerviosa, en la silla del tocador, se arregló el peinado y pensó que tal vez se había echado demasiado perfume. Y volvió a cambiarse la ropa.

VIII

Por la noche, a poco de llegar el señor Serna, se fue Nuria a su casa, dejando lista la cena y limpia la casa. Mañana por la mañana, regresaría ella.

-¡Qué tal cariño! ¿Cómo te fue el día? – le preguntó Gabino, quitándose la chaqueta.

-Bien. Muy bien –contestó ella y dejó la butaca en la que estaba sentada para saludar a su novio-. Me levanté a las tantas y me enfrasqué en una novela de aventuras que devoré sin ver pasar el tiempo. Justo acabo de regresar de dar un paseo.

- ¡Qué día más lindo, ¿verdad?

-Lindísimo. Fui a comprar unos cojines, mira, ¿Qué tal te parecen?

-Preciosos, querida. Y armonizan con el sofá. Le dan un toque más caluroso al salón. ¡Hm! ¡Qué rico huele!

No contestó Gertrudis.

-Me muero de hambre, amor. Ni me dio tiempo de almorzar. Tan solo encargué un bocadillo y me lo comí en la oficina. Mucho trabajo en estos momentos.

-¿Quieres que ponga la mesa? – le preguntó Gertrudis.

-Y ¿ya se fue Nuria?-le contestó con cara de asombro.

-¡Ah! ¡Esa...! Esa mujer. Mejor ni tocar el tema.

- Pero ¿qué pasó, cariño? Nuria es una joven muy amable, muy servicial y responsable. No entiendo.

-Tal vez contigo –contestó, crispada Gertrudis. Conmigo se porta como que...

-¿Cómo?

-Como si fuera su casa.

-No te creo. A lo mejor le hiciste algún reproche y lo tomó a mal. Te lo aseguro, es muy buena persona.

-Bueno, Gabino, no es para tanto. Dejémoslo. ¿Te sirvo algo de tomar o prefieres comer ya?

- Una copita, buena idea. Pero no te preocupes, cariño, me encargo yo. Y tú ¿qué quieres? ¿Una soda, una cerveza, una copa de vino?

-Como tú.

-Traigo enseguida dos copas de vino y algo de picar -y se acercó a ella dándole un beso. Ella se miraba algo esquiva.

Regresó Gabino al salón poniendo la bandeja en la mesita.

-Bueno, cuéntame, te conozco Gertrudis. Veo que pasó algo con Nuria y que no quieres decírmelo.

-¡Salud! –dijo ella.

-¡Salud!- contestó él.

Hubo un silencio. Y empezó Gertrudis a contarle a Gabino lo que pasó con la criada.

-Te entiendo, cariño. Tienes toda la razón. En primer lugar, hablaré con ella pero yo te aconsejo una cosa, tienes que imponerte. Las dos tienen la misma edad, me imagino y...

-Eso lo noté. Y vieras como habla de ti. Como si fueras el dueño perfecto. Hasta me preguntó...

-No te vas a poner celosa, cariño. Ella no es más que una criada. Yo la aprecio. Y de ahí nomas. Te lo repito, es una muchacha muy buena, servicial, trabajadora, puntual...

-Ya ves. No paras de ensalzarla.

-No la ensalzo. Solo te digo la verdad. Tú tienes que imponerte, ser más firme y hacerle sentir que eres la dama de esta casa y que ella no es más que una criada y que tiene que cumplir tus órdenes. ¿Me entiendes, cariño? –le dijo Gabino acariciándole la mano.

-Claro, claro que entiendo. Pero es como si se sintiera superior a mí, como si se sintiera con derechos en esta casa, como si yo fuera una cualquiera. Vieras lo insoportable que es eso, lo insufrible que me resulta. Me da la impresión de que me mira con desprecio.

-Pero si no te conoce –contestó Gabino para tranquilizarla.

-Lo sé, lo sé... Y se atrevió a decirme que yo no sabía cocinar, que una mujer sin guisar era una mujer sin casar.

Se desternilló de risa Gabino.

-¿Y tú te burlas de mí, como ella? – le dijo Gertrudis en tono seco y firme.

-No, no me burlo, Gertrudis. Solo que... son niñerías, sandeces, cuchufletas... Créeme. No es mala persona. Un poco rústica, tal vez. Pero eso sí que tienes que callarla. No tiene ella porqué hablarte así. Te lo prometo, mañana hablaré con ella.

-No, Gabino. Mejor que no. Me niego. Mejor que no digas nada. De lo contrario, me va a ver como una estúpida, un ser inferior incapaz de arreglar los asuntos caseros. Eso no quiero... No digas nada. Solo te pediré que hagas algo si veo que no me resulta. De todas formas, mañana estaremos los dos y no se atreverá ella a querer mandarme o a criticarme como lo hizo ayer. Eso me tiene mal, me excede... te lo juro.

-Vaya cariño... Terminemos la copa con tranquilidad y verás que rico cocina ella. Eso es lo más importante. El resto pasará como las fuertes lluvias. Además, ni se conocen. Ayer fue la primera vez. Y estoy convencido de que, con el tiempo, ella te entenderá, te respetará y te tendrá aprecio. Pero tú tienes que darte a respectar. Eso *sí que es fundamental. Tú no eres solo la dueña de esta casa sino la dama de esta casa.*

-Gracias, gracias Gabino por tu ayuda y comprensión, sabía que podría contar contigo.

Y pasaron a la mesa, como dos enamorados que ya empiezan su vida conyugal.

-Y ¿qué tal te parece? Gertrudis. ¡No tiene acaso ella habilidades culinarias?

-Por cierto, queda rico el pollo pero la salsa está algo sosa.

No contestó Gabino y siguió comiendo.

-A propósito, cariño, ¿tienes novedades acerca del puesto? que ya siento que necesito hacer algo. No me imagino quedarme todo el tiempo en casa.

Casi se atragantó Gabino y tomó un largo sorbo de tinto antes de contestarle:

-Es cuestión de unas semanas, amor, nada más.

-Disculpa el atrevimiento pero ¿has hablado con tu padre? –le dijo con voz quebrantada.

-Claro. Por supuesto que he hablado con mi padre y él está totalmente de acuerdo con que tengas un puesto de contadora en la empresa. Lo ve muy acertado.

-¿Seguro?

- Seguro. Te lo juro por lo más sagrado que tengo en este mundo. Y lo más sagrado eres tú.

-¡Qué pronto llegue ese día, Gabino! No hallo la hora de valerme por mi misma. Te quiero, amorcito.

-Pronto llegará. No te preocupes. ¿Te lo he prometido o no?

-Yo sé que me lo has prometido pero a veces tengo la impresión de que todo no es más que un sueño y pierdo la paciencia. ¿Me entiendes? Ya quiero trabajar, ser alguien, participar en el progreso de nuestro hogar y pronto de nuestra empresa.

-Nada más normal Gertrudis. Tú eres una mujer emprendedora, lo sé, pero lo que pasa es que todavía te falta experiencia y pronto la tendrás. Créeme... Muy pronto... Y verás que el futuro será nuestro. No te desanimes, cree en mí. Pronto será, te lo aseguro. Yo sé adónde voy y nadie me detendrá; y además de tengo a ti, eso me da aún

más fortaleza. A tu lado, podría conquistar el mundo entero.

IX

Estaba para llegar Leandro a casa de doña Virginia. Pocas veces iba a Pozolindo pero cada vez era para él un encanto. Le gustaba la ciudad que mucho tenía de gran ciudad y lo único que lamentaba era no poder quedarse varios días para disfrutar de ella. Esta vez sí que tenía tiempo de sobra y no rechazaría, si se presentara, la oferta de doña Virginia que solía proponerle hospedarse en su casa. Aprobado el año en la Escuela de agronomía, había salido de la casa de sus padres donde vivía en las largas vacaciones ayudándolos en los trabajos del campo, para ver a su hermana Gertrudis y, por supuesto, divertirse. Llegaba sin avisarla para darle una sorpresa mayor. Lo dejó el coche frente al portón de la casa. Era un día radiante sin una sola nube que perturbara la diáfana claridad del cielo. Tiró de la cadena Leandro con insistencia y se oyó el alegre tintineo de la campanilla. En eso pasó el cartero, quien lo saludó amablemente y dejó unas *cartas en el buzón. "No se preocupe, señor –le dijo- siempre tarda el mayordomo en llegar. Está más sordo que una tapia". Sonrió Leandro y volvió a tirar de la cadena. Estaban abiertas las ventanas del primer piso y esperó ver Leandro la silueta de su hermana. Estaba el césped recién cortado y bien regado lo que resaltaba la lozanía del jardín. Se sentía las fragancias de las buganvillas, acacias y azaleas y de la menta salvaje que crecía con abundancia en los maceteros colgados del alero. En la parte trasera de la casa por donde llegaba uno caminando por una alameda, divisó Leandro una sombra que debía de ser la del mayordomo o del jardinero. Estaba por llamar a esa persona cuando se abrió la puerta de entrada y se apareció doña Virginia, de negro vestida. Tras un momento de vacilación y por el sol que le daba en la cara, no reconoció al hombre del portón pero al acercarse, cayó en la cuenta de que era Leandro quien la saludaba con la mano y se le iluminó la cara.*

-Por Dios, no me lo puedo creer. ¡Leandro! ¡Leandro! Ya traigo la llave. Espera un momentito.

Se fue de vuelta a casa doña Virginia y regresó trotando de alegría para abrirle el portón.

-¡Hola! Doña Virginia, siempre tan hermosa y primorosa – le dijo, Leandro, carialegre-.

-¡Ah, Leandro, ¡qué gusto verte! Y lo abrazó como si fuera su propio hijo.

-¡Pasa! ¡Pasa! Leandro. Que ese mayordomo no sirve. Es un inútil. Siendo más mayor que él, mejor oído tengo yo.

Y la llevó Leandro del brazo acompañándola hasta la casa. Se fueron al salón y le ofreció doña Virginia algo de tomar. Estaba excitada ella y le preparó un café fresco. Luego buscó las galletitas y casi se le fue de la mano el paquete de tan entusiasta que estaba. Hacía tanto tiempo que no lo veía y, de verdad, mucho lo apreciaba. Estaba sentado Leandro en un sillón cuando le trajo un café bien oloroso con el surtido de galletitas. Se sentó ella a la par de él.

-Disculpa la tardanza, Leandro, que la criada está de vacaciones.

-No se preocupe, doña Virginia.

-¡Qué alegría verte! Leandro.

-Es un placer correspondido, doña Virginia. Estar en Pozolindo me colma de felicidad y esta vez pienso que-

darme más tiempo que de costumbre. Muchas cosas tengo que hacer.

-¡Qué alegría! Y ¿sigues estudiando ingeniería?

- Ingeniería agrónoma, doña Virginia.

-Bien recuerdo. Lo de las plantas, de los cultivos, de las semillas…

-Correcto, doña. Ya casi termino mi carrera.

-¡Qué bueno! Cuando sabe uno adónde va, menos dificultades encuentra uno, ¿verdad? Mira tu hermana, que ella se graduó e incluso obtuvo una mención.

-Bien trabajadora es ella. Se la merecía.

-¡Qué muchacha más estupenda! ¡Qué encanto! ¡Que ya empiezo a echarla de menos!

-Claro, que algún día tendrá que irse.

- Pues, parece que todavía no ha encontrado trabajo.

- Acaba de diplomarse, doña. Hay que darle el tiempo al tiempo.

-Por supuesto, Leandro. Yo la entiendo. Ella me contó, hace poco, que pensaba conseguir un oficio en la capital

y se fue allá una temporada en casa de Victoria, mi sobrina, pero desistió– y suspiró doña Virginia cerrando los ojos como quien dice más pueden las cosas del amor.

-¡Victoria es su sobrina? – dijo Leandro, incrédulo.

-Es mi sobrina nieta. Su abuela es mi hermana. ¿Y tú la conoces? – le preguntó doña Virginia.

- Claro que la conozco. La vi unas cuantas veces en Santa Rosa y en Montilla también, cuando fui a dejar a mi hermana a casa de ella. Es una señorita muy placentera y encantadora.

-¡Quién lo hubiera creído! -exclamó doña Virginia. El mundo es un pañuelo.

-Así que ahora vive Virginia en la capital, por los estudios me imagino...

-Claro, por los estudios. Abogacía cursa ella.

- No recordaba. Tampoco recordaba que se había ido Gertrudis a la capital en casa de Victoria.

Notó doña Virginia que al hablar de su sobrina, tenía Leandro en la mirada algo parecido a una chispa.

-La verdad es que pocas veces nos vemos –dijo doña Virginia.

-Disculpe, doña. Me estaba diciendo que…

-Le estaba diciendo, Leandro, que pocas veces veo a mi sobrina. Es una lástima, que mucho la quiero.

-La entiendo -contestó Leandro, algo turbado, como si él también echara de menos la ausencia de ella. Pero algún día vendrá a visitarla o usted irá a visitarla en la capital.

-¡Ah! A mi edad, joven, ir yo sola a la capital… Ni pensarlo... Sería para morirme. Prefiero yo la tranquilidad de mi casa y la paz de Pozolindo. Pero si me acompañaras, sería algo distinto.

No supo que decir Leandro de tan inesperada que le pareció la propuesta de doña Virginia.

-Lo decía en broma, Leandro. Pero ¿conoces la capital? que en verdad vale la pena.

-Me imagino, doña Virginia. Una vez se me presentó la oportunidad pero… se canceló el viaje ni recuerdo con qué motivo –y se quedó pensativo Leandro. Y, de repente, le preguntó con entusiasmo:

-Y ¿por qué no ir juntos?

-¿De veras? –contestó doña Virginia sin saber a ciencia cierta lo que pretendía Leandro.

-Por supuesto. Piensa usted que me permitiría ese tipo de chacoteo con usted. No, en absoluto. Ni pensarlo. El mayor respecto le tengo. Solo le digo que bien podríamos viajar juntos. Tiempo libre tengo yo y usted también. Así que vamos a la capital -dijo muy en serio y entusiasmado Leandro.

-¡Ah! Leandro –suspiró ella, divertida- eres un mago. Déjame pensarlo. Yo lo dije así por así. Pero a fin de cuentas ¿por qué no?

-Ya ve, doña, si usted quiere, esta semana misma nos vamos los dos. Claro, usted tendría que avisar a su sobrina nieta.

-Algo me dice, Leandro, tal vez me equivoco, que a Victoria le encantaría volver a verte – y miró por el alfeizar de la ventana en el que se movía una diminuta sombra-. Puede ser que me lo haya dicho un pajarito – y se puso a reír con mucha malicia.

-¿Le habló ella de mí? – le preguntó, pasmado y atónito, Leandro.

- De eso no quiero y no puedo hablar. Cada cosa llegará, si debe de ocurrir, a su debido tiempo. Por ahora, Leandro, te ofrezco una habitación y esta vez, no te niegues.

-Ah, doña Virginia, es usted demasiado buena.

-Al fin –dijo ella, contentísima- ¿aceptas?

-Usted es tan amable que no puedo hacer otra cosa que someterme a su voluntad.

-Sígueme pues que te voy a enseñar la habitación de mi hijo. Y no tengas pena. Que pocas veces llega a visitarme. Esa habitación es tuya.

-Muchas gracias, doña Virginia. Se lo agradezco muchísimo.

-Y esta tarde o mañana, hablaremos del viaje a la capital, ¿verdad? –le preguntó exaltada doña Virginia.

-Dicho y hecho, doña. Entre hoy y mañana, preparemos el equipaje y de viaje a la Corte.

X

Repicó la campanilla del portón. Era alrededor de la una de la tarde y esta vez, pese al bochorno, se precipitó el mayordomo quien saludó, sorprendido, a Gertrudis.

-Es un placer volver a verla, señorita.

- Gracias, muy amable. ¿Está doña Virginia?

-Pase, por favor, se va a alegrar de verla.

Entró Gertrudis en casa y encontró a doña Virginia en el salón, adormilada en un sillón, un libro en el regazo del vestido. Filtraba una leve luz por la contraventana a medio cerrar. A Gertrudis le dio pena despertarla de tan apacible y sosegada que se veía. Y decidió ir a su antiguo cuarto a buscar una caja de libros que había dejado. Estaba subiendo la escalera con pasos quedos y una vez en el pasillo, se dio cuenta de que alguien estaba en el aposento contiguo. Pensó que era uno de los hijos de doña

Virginia y no se atrevió a empujar la puerta medio abierta y pasó de inmediato a su habitación. Abrió las ventanas por el intenso calor que hacía y se asomó al balcón disfrutando de la brisa que en ella iba penetrando. Se quedó así un largo rato contemplando el jardín y, a lo lejos, el serpenteo del río. Impregnaban sus pensamientos la fragancia de los naranjos vecinos y el aroma de las plantas veraniegas. Se sentía bien y al fin libre. Se iba perdiendo su mirada por el cobertizo y se puso a sonreír al ver la escalera de molinero que estaba en el mismo lugar de siempre. Y le vino a la memoria su arriesgada y peligrosa escalada nocturna con la ayuda de Adelaida y Cándida al regresar precipitadamente de El Rincón donde ese día tocó Alfonso. Y maquinalmente miró Gertrudis sus manos en las que no le quedaba ni una sola cicatriz de aquella desobediente travesura. Luego se puso a revisar las cómodas y armarios para ver si nada suyo quedaba. Y se sentó en el escritorio, abriendo las gavetas y mirando por debajo de la carpeta de badana. Tan solo encontró unos papeles que ojeó y enseguida los tiró a la cesta de basura. Echó una última mirada y se fue a cerrar la ventana, llevando en brazos el cartón de libros. Al salir, se tropezó con el vecino que también se dirigía hacia la escalera y cayeron los libros al suelo.

-¡Leandro! –dijo ella, asustada.

-¡Hola, Gertrudis! –y abrazó dilatadamente a su hermana.

- ¿Qué estás haciendo acá?

-Vine a verte. ¿No te alegras?

-Por supuesto que sí, tonto. Es que estoy sorprendida. Nada más. Nunca me hubiera imaginado encontrarte en casa de doña Virginia.

- Lo que pasa es que estoy de vacaciones y pensé... por qué no visitar a mi querida hermana.

-¡Qué bueno eres, Leandro!

-Pues bajemos – le dijo Leandro, entusiasta.

-Espera, que doña Virginia está durmiendo la siesta en el salón. Vamos a mi cuarto, mejor.

-Te ayudo a recoger los libros.

Y los dos entraron en el aposento de Gertrudis.

-¡Qué vacío está tu cuarto, hermanita! –exclamó, extrañado, Leandro.

-¡Qué no lo sabías!

-¡Cómo que no lo sabía!

-Ya no vivo aquí.

-¡Cómo que no vives aquí!

-Yo pensaba que te habían avisado los padres.

-¿Acerca de qué? – preguntó ya con preocupación Leandro.

- Pues yo vivo ahora en casa de mi novio.

- ¿Tu novio? ¿Pero qué lío es éste!

-Sí, de mi novio, Gabino.

-No me digas que has vuelto a meterte con ese… Gabino Serna.

- ¿Y a ti que te importa?

-¡Cómo que me importa! Si soy tu hermano. Tú misma me dijiste una vez que ese tipo era un don nadie, un vicioso, un perdido, un sinvergüenza.

-No te permito expresarte de esa forma de mi enamorado. Yo lo juzgué mal. Es muy buena persona, verás.

-Hermanita, seguro que estás bien. ¡Qué delirio es ése!

-No es ningún delirio, Leandro. Él me estima, me quiere, me ama y pronto nos vamos a casar.

Se fue a sentar Leandro, cariacontecido, compungido el semblante y preguntándose si estaba soñando o no.

-¿Así que ya no vives en casa de doña Virginia! –volvió a preguntar Leandro para cerciorarse de la veracidad de los propósitos de su hermana que a juicio suyo, sonaban a despropósitos mayores.

-Te lo repito, Leandro. Comparto casa con Gabino, en el centro de Pozolindo. Él es el gerente del Manjar de los manjares – dijo ella, maravillada.

-¿Y qué es eso? – preguntó Leandro, con muecas de incomprensión e indiferencia.

- Es una tienda de comestibles gourmet. Y además, en el primer piso, que también es suyo, administra una ferretería que ya tiene renombre en toda la provincia.

-¡Vaya! Y tú, me imagino que vas a trabajar allí de contadora.

-¡Y qué te importa! Si ya está. ¿Estás celoso o qué?

-Vaya cuento de hadas, hermanita. ¡Ah, Santo cielo! Es tiempo que despiertes, hermanita. No te dejes comprar por ese…

-Cállate. Por favor, cállate. Gabino es mi prometido y dentro de poco, será mi esposo. Nunca aceptaré que lo insultes u ofendas. Te estás pasando, Leandro. Tú tienes que rectificar ese comportamiento tan tuyo que solo sirve para dar órdenes. Tendrás que aceptarlo y respectarlo. De lo contrario, nunca más nos volveremos a ver.

-¡Ah, Dios mío! Habló la Señora de Serna. ¡Qué impresionado estoy! – contestó, burlón, Leandro.

Y de inmediato, se levantó Gertrudis y se fue del aposento, encolerizada y furiosa, la mirada encendida y el semblante hirviente de ira y bajó con precipitación la escalera hasta salir disparada de la casa de doña Virginia.

Golpeado por esa sucesión de noticias que le parecían tan inverosímiles como verosímiles, se quedó Leandro sentado en la silla, pensativo y meditabundo. No sabía de qué iba la cosa. Pero en el fondo de su alma, bien conocía a su hermana y no pensaba equivocarse. Y su mirada se fijó en la pila de libros que había olvidado ella y encima de la que estaba la novela Enrique Humvol.

XI

-¿Qué tal Leandro? -le preguntó doña Virginia con amabilidad maternal -¿Te echaste una dormidita?- Apenas acababa ella de salir de la suya.

-La verdad es que me sentía un poco molido por el viaje. Aunque no es tan largo, se para el coche tantas veces que…

-Debes tener un hambre canina, Leandro. Te voy a preparar algo de comer. Me va a hacer un mar de bien volver a cocinar.

-¿Por qué lo dice, doña?

-Sencillamente porque la criada está de vacaciones.

-En este caso, la ayudo yo. No sé mucho de cocina pero lo suficiente para freír un par de huevos.

Se puso ella a sonreír y le dijo:

-Algo es algo. Para cada cosa, siempre hay un inicio. Si quieres, te voy a enseñar como preparo yo la merluza con arroz.

-Con mucho gusto. Y no se olvide de que, por la tarde, muchas cosas nos esperan.

-Claro que sí, Leandro. Me estoy preparando. Lo del viaje ya está decidido y no daré marcha hacia atrás.

-Así que vamos pues a divertirnos en la Corte.

-O perdernos –dijo ella con gracia.

La quedó viendo Leandro de forma divertida.

-Sabes que no he pisado tierra capitalina desde hace, uh, tal vez más de veinte años y no sé si podré dar de inmediato con la casa de mi sobrina nieta.

-Tenemos la vida por delante, doña Virginia. No es motivo de preocupación. Solo es tener un cochero que sepa orientarse y que tenga mano izquierda. De lo contrario, daremos unas vueltas, unos rodeos más, lo cual no es nada desagradable sobre todo en verano y al anochecer. Me han dicho que las puestas de sol en la Corte son preciosas.

-Hoy mismo mando un telegrama a Victoria a no ser que le demos una sorpresa. ¿Qué te parece?

-No es que no aprecie las sorpresas, doña, pero a veces... las hay fatales – le contestó escarmentado Leandro.

-No seas tan derrotista, Leandro. Una buena sorpresa sigue y seguirá siendo una buena sorpresa. Pero si prefieres que enviemos un telegrama, tú decides.

-Me da igual.

-Bueno, va por el telegrama. Pásame la harina, por favor, Leandro. Está en el anaquel de arriba.

Ya había sacado los filetes de merluza doña Virginia, los había condimentado, y solo faltaba envolverlos en yema de huevos y harina para sofreírlos. Y ya estaba cociéndose a fuego lento el arroz con azafrán.

-Me está entrando el hambre con platos tan ... apetitosos y olores tan... ricos. -Y recordó sin quererlo Leandro el nombre de la tienda de Gabino. Y se encogió de hombros.

-Dentro de poco estará. ¿No te molesta si comemos en la cocina? Yo no soy tan formal.

-No se preocupe, doña. Haga como de costumbre. Voy a poner la mesa. Solo es decirme donde están, por ejemplo, las copas.

- Yo voy por el vinito. Sabes que a mi edad, un vinito de la Rioja me hace un mar de bien y tomo mis copitas a diario, sabes. Es mi secreto para no envejecer, quiero decir, para no perder tanto la memoria.

- Y ¿qué tal Gertrudis? – le preguntó Leandro.

-Está bien, muy bien, pero hace tiempo que no la veo. Así es la vida… y una tiene que acostumbrarse a volver a vivir sola.

-¿Parece que le gusta su nueva casa?

-Claro. A todos los jóvenes les gusta tener casa propia, ¿no?

-En efecto, doña. A mí me pasa igual. Por mi parte, tendré que esperar un poco más.

- Así son las cosas del amor... -dijo ella dando suspiros-. Le llegan a uno de forma inesperada y repentina. Y lo bueno de tu hermana es que es una persona discreta y respetuosa, siempre lo ha sido. Y lo primero que hizo fue informar a tus padres de su relación con el señor Serna y

de su voluntad de ir a vivir con él, en casa suya. Y aguardó ella la respuesta de ellos para marcharse. Y para ser franca contigo, yo, personalmente, aunque no son cosas mías, nunca hubiera aceptado su partida sin el consentimiento de sus padres. Espero que sea feliz con el señor Serna.

- Yo también –contestó, dubitativo y perplejo, Leandro-. Obviamente, doña Virginia, es usted toda sabiduría y espero que así pase en realidad.

Notó doña Virginia algún átomo acre y corrosivo de boca de Leandro pero no le prestó mente. Tal vez lo interpretó ella como una animosidad personal de Leandro hacia Gabino. Por su parte, se serenó Leandro al darse cuenta de que no se había percatado doña Virginia del paso furtivo de Gertrudis por la casa y del incidente recién ocurrido con su hermana.

XII

Llegó a casa Gertrudis excedida y fuera de sí. Estaba a rabiar con su hermano. Pensaba ella que le daría tiempo de preparar el terreno y de contarles luego a sus padres su firme intención de desposarse con Gabino Serna y de compartir vida y casa con él. Pero los acontecimientos se le habían ido de la mano. El encuentro con su hermano lo había desbaratado todo. Lo único que le pasó por la mente fue de escribirles una carta a sus padres. Era mejor que se enteraran ellos por ese medio y no por boca de Leandro. Tras desgarrar varias hojas que tiró a la papelera de tan nerviosa y perturbada que estaba, decidió mejor tomar un té, calmarse y pensar en lo que les diría. Tan solo apuntó unos argumentos. Luego vendría la forma, dijo entre sí, Gertrudis. Y su puso mano a la obra consciente de que tenía que ser convincente y sincera.

Muy queridos padres,

Lamento no haber podido escribirles antes pero se han precipitado las cosas en mi vida. Quiero ser clara, leal y honesta con ustedes como siempre lo han sido conmigo. Hubiera querido anunciárselo de viva voz pero me resultó imposible. Estoy segura de que me perdonarán. Así que quiero que compartan esas noticias con mucha alegría. He encontrado al amor de mi vida y deseo casarme con él. Se llama Gabino Serna. Todavía no tienen el placer de conocerlo pero pronto se hará y estoy convencida de lo mucho que lo apreciarán.

Yo sé que siempre han querido lo mejor para mí y pienso no haberlos defraudado. Sé que no he sido la hija perfecta pero tampoco creo haberme portado mal hasta el momento. Vivir lejos de ustedes fue una lección de vida que me permitió madurar y mucho le debo también a doña Virginia.

He de decirle también con toda libertad y moralidad que he dejado de morar en su casa. Se juntaron las circunstancias y no tuve otro remedio que ocultárselo a ella diciéndole que ustedes me habían dado su beneplácito.

Que dios me perdone por esa pequeña mentira y espero que también ustedes hagan lo mismo. Muy pronto les ex-

plicaré el por qué de las cosas y entenderán. Más no les puedo decir por ahora sino que me siento muy feliz y honrada de compartir la vida de un hombre tan excelente.

Les cuento que ya conozco a su padre, don Pedro, un hombre ameno y generoso que mucho me aprecia y le honra saber que pronto nos casaremos y formaremos una familia. No se preocupen en nada por mí. Mi futuro esposo vela por mi felicidad tanto conyugal como material.

Y no crean que sus sacrificios hayan sido en vano. Siempre fui consciente de ello y siempre les estaré agradecida por lo que han hecho por mí para que pueda yo estudiar con sosiego y serenidad. No crean que me haya preparado para nada. En breve, oficiaré como contadora y se sentirán muy orgullosos al saber dónde. Mi futuro esposo es gerente general de un gran negocio en Pozolindo cuya propiedad es de su padre, así como varias tiendas que posee en Peñablanca.

No saben lo dichosa que me siento por haber encontrado a Gabino a quien tanto quiero. Es un ser protector, dadivoso y bondadoso y ansío presentárselos. Estoy segura de que lo querrán tanto como me quieren a mí. Tantos pro-

yectos y sueños tenemos por realizar juntos hasta que la muerte nos separe.

Espero que esta breve carta llena de dicha y optimismo compense las torpezas e imperfecciones mías y que llegue a sus felices corazones.

Siempre los he respectado y siempre los amaré.

Su hija para siempre,

Gertrudis

Volvió a leer la carta Gertrudis, reclinada en el sofá, un muelle cojín detrás de la cabeza. Varios párrafos había tachado ella por ser tal vez inapropiados e indelicados. Mejor una carta concisa y sin rodeos –pensó ella en su fuero interno-. Luego dudó de si enviarla o no, encontrándola sosa e insípida, pero finalmente se decidió a hacerlo, aliviada. En breve, tendré noticia -suspiró ella-para bien o para mal... Y cerró los ojos Gertrudis.

XIII

Iba Gertrudis acostumbrándose a su nueva vida en la calle del Palomar. No estaba tan desubicada por conocer bien la ciudad y no encontrarse tan lejos de donde vivía doña Virginia. Su antiguo barrio era más residencial y recoleto mientras que la calle del Palomar era más transitada y bulliciosa por ser antes que nada una calle comercial que daba al centro. Desde la ventana del tercer piso se miraba la catedral y la plaza mayor. Tenía la calle del Palomar ese ambiente tan particular que la conquistó de inmediato. Si bien no tenía el sesgo de las avenidas o arteras, tenía en cambio un indudable e incuestionable encanto que se debía a la luminosidad que la recorría la mayor parte del día y del año hasta bien avanzada la tarde. Otro de su innegable atractivo era su arquitectura de edificios medianos, de madera y adobe. El Manjar de los manjares era el único negocio en tener una tienda en el primer piso. Las demás estaban en la planta baja y se accedía a ellas pasando por estrechas galerías, muy frescas en verano y en las que había bancos de piedra y debajo de las que siempre jugaban racimos de niños. Además, era la calle del Palomar muy limpia y florida con abundancia de maceteros en los balcones y otros colgados de las fachadas. Por la mañana temprano, de tan exquisitos que eran los olores y efluvios que emanaban de la panadería, expandiéndose por la calle, tomó la costumbre Gertrudis de ir a comprar pan y bollos cada día pese a la larga fila que se iba formando desde las siete de la mañana. Con el paso de las semanas, hizo migas con doña Catalina, la panadera que tenía manos de mantequilla. Al atender a la clientela, se le iban las cosas de la mano y luego empezaba la incontenible verbosidad de ella con el fin de disculparse por lo ocurrido. Y se ponía a darles a los clientes un sinfín de explicaciones que tenían que ver con su humor del día. Tenía ella una imaginación desbordante que también se reflejaba en la forma con la que apellidaba sus productos de repos-tería. Y por ello también, tenía mucha fama. Menos mal que tenía cinco empleadas doña Catalina para auxiliarla. De lo contrario, se hubiera ido a la quiebra no por el pan sino por la boca. Y por boca de ella, se enteró un buen día Gertrudis del porqué de los recelos y malas miradas de las que se sentía objeto en algunas tiendas de la calle del Palomar y, sobre todo, en la floristería en que no volvió a entrar nunca jamás. Entendió en ese momento que no le habían mentido sus amigas Adelaida y Cándida y que la desatención, el desaire y desprecio que experimentó varias veces con más o menos ardor tenía nombre: Betty. Ni le comentó nada a Gabino. Prefirió callar y guardárselo para siempre. Era cuestión del pasado si bien pasado inmediato o presente recién pasado. Lo único que todavía la estuvo escalofriando no fue la posibilidad de que fuese un condicional perfecto sino un futuro perfecto.

Pero en vez de arruinarla y mortificarla, esta revelación la fortificó y la robusteció. Se decidió a ignorar para siempre o, al menos, en la medida de lo posible, los cuchicheos, bisbiseos, secreteos y miradas inquisitoriales de la calle del Palomar. Y tras enterarse Gertrudis de que Nuria era familiar de una de las empleadas del café tabaquería, desistió de ir a comprar tabaco cuando, a veces, se lo pedía Gabino. Pretextó el exceso de humo que en él había y que le daba fuerte irritación en los ojos y nauseas. La verdad es que reinaba en el café de Armando un humazo continuo debido a los cigarrillos, puros o pipas de los jugadores de billar y de naipes y eso, a pesar de que permanecían abiertas las ventanas, incluso en invierno. Sabía que Gabino era de ella y tan solo de ella y que pronto se casarían y oficiaría ella en la tienda más grande de la calle. ¡Al diablo las lenguas largas! –vituperó ella en sus adentros. Con el transcurrir del tiempo, bien se darían cuenta ellas de que siempre triunfa el verdadero amor. De eso no lo dudaba ella y era su fortaleza.

Por suerte, se amistó también con unos cuantos comerciantes del barrio, entre ellos, la vendedora de la sombrerería y poco más tarde Pablo Quesada, librero de la Canción de los piratas donde acostumbró ir a comprar y encargar libros. La señora de la sombrerería era una persona muy locuaz y algo estrafalaria que tenía sus propias manías y rarezas. Vendía toda clase de sombreros, para señoras, señores y también para niños. Una auténtica caverna de Ali Baba. Pero uno de sus temas era que le costaba admitir que los clientes pudiesen tener gustos propios. Solo ella tenía la razón. Y fundamentaba su criterio en una cultura enciclopédica sobre la moda y sus usos que había ido adquiriendo a fuerza de lecturas y observaciones. Incluso había impartido cátedras sobre el impacto de la moda en las sociedades contemporáneas en la recién creada Asociación nacional de sociología de la indumentaria que tenía la particularidad de contar con una membresía de ambos sexos. Y en la mismísima tienda, había puesto en cuadros las portadas de la revista

ANSI donde aparecía su nombre en negrilla. En otras palabras, razonaba ella como un libro y cada cliente tenía que entrar en una de las categorías indumentarias que había ido creando. La mayoría de las veces y sobre todo con los clientes fieles, eran pláticas amenas y divertidas dado que los clientes también, habían adquirido, al menos en sus aspectos más fundamentales, su elemental sombreruda gramática sombrerera y sabían utilizarla con mucha astucia para pasar de una categoría a otra sin que se diera cuenta ella. Unos la apodaban la "filóloga del sombrero", otros "doña Ana de campana", por el estilo de sombrero que más usaba o bien la "PanamAna" porque odiaba ese tipo de sombrero que, según ella, era mera perversión de la sombrerería. Por ley, un sombrero tenía que tener altura y forma para realzar tanto a la gente baja como a la gente mediana y también a la gente alta. Porque decía ella que también la gente alta necesitaba que se elevara su alma aunque a menudo no tuviera. Ese discurso no era del agrado de todos pero le perdonaban esos ribetes socializantes que incluso iban penetrando en aquella época los medios artesanales. También era amiga Ana de Pablo Quesada a quien había regalado un sombrero muy parecido a él que llevaba en su tiempo José de Espronceda y Delgado. Así que Gertrudis, amante de los sombreros y de los libros tuvo, al inicio, en las personas de Ana y Pablo, por ser además éste amigo de don Pedro, dos amenas compañías con quienes compartir charlas y tiempo. Y en verdad, como lo notó de inmediato Gertrudis, la calle del Palomar era mucho más que una simple callejuela marchante.

Doña Gertrudis

XIV

A lo largo de los meses, se sucedieron los paseos, las excursiones, las cenas, recepciones, fiestas y espectáculos en los lugares más prominentes y excelsos de esa provinciana ciudad de Pozolindo. Esa dulce vida que tanto había anhelado Gertrudis se la estaba ofreciendo Gabino en un decir Jesús, sin que realizara ella que, poco a poco, iban introduciéndose los Serna en ese selecto círculo de la alta sociedad provinciana de Pozolindo con una naturalidad que solo se consigue a punto de galas e intríngulis. Pero si bien las salidas les abrían las puertas de la sociedad también les condenaban a estar a la altura de su nueva posición. Para Gertrudis, fueron esos luminosos meses como una larga puesta de largo en que cada encuentro estuvo marcado por el lucir de nuevos atuendos y flamantes galas. Huelga decir que ya apenas cabían las cajas de sombreros en el armario del aposento así como la vestimenta en el guardarropa para gran contento de *doña Ana y de la familia Oquendo, pareja de alfayates de Flor de un día, única tienda de moda y sastrería del barrio.*

Y en ese periodo de ascenso que todavía no tenía ni los mínimos lustres de la futura apoteosis de los Serna, ya estaban sembrados los gérmenes de la venidera desgracia de Gabino y Gertrudis, quien, en ese momento, saboreaba con indecible gozo interior y fruición íntima toda suya el deferente y solícito trato que deparaban a su persona. Mis respetos, Señora, qué encanto volver a verla doña Gertrudis, no se moleste, Señora de Serna, ya tiene su asiento reservado. Y vaya donde vaya, al teatro, conciertos, carreras de caballo, restaurantes o paradores, siempre le esperaba un delicado detalle de parte de la dirección como una natural fineza que solo se daba a la gente de su rango.

Fue en esa época cuando se decidió Gabino a agrandar el cobertizo contiguo a la tienda para que los Serna, todavía sin casar y sin casa propia, pudieran guardar calesa y caballo propio. A Gabino no le bastó la montura de tiro sino que adquirió un caballo de carreras siguiendo los consejos de sus nuevos amigos de la Cofradía hípica de Pozolindo a quienes solía visitar solo porque a doña Gertrudis le irritaba el olor a caballerizas. Aunque quiso

Gabino iniciarla a la actividad ecuestre, siempre se mostró ella renuente aunque sí le gustaba el peculiar ambiente que imperaba desde las selectas tribunas del hipódromo donde se reunía buena parte de la gente de etiqueta de Pozolindo, reconocibles entre los demás por su levita y sombrero de copa: pudientes comerciantes y negociantes, hacendados, rentistas, industriales, banqueros, directores de compañía de seguro, de periódicos, bolsistas, altos funcionarios civiles y militares y por supuesto políticos de provincia cuyos intereses se mezclaban con los de la Corte y de las compañías internacionales.

En ese pequeño pero poderoso círculo provincial también se aceptaban a los advenedizos y afortunados e incluso se les perdonaban sus extraños modales y atávicos extravíos con tal de que su generosidad con las obras de beneficencia estuviese a la altura de su hacienda. Huelga decir que la Gertrudis del Perro del hortelano no era más que el humus sobre el que iba elevándose doña Gertrudis. Y cuando le ocurría pasar en calesa por la carretera que bordeaba el Río mayor, miraba con lástima por la ventanilla a esa creciente chusma que iba hacinándose en los barrios periféricos atravesados por esa mísera "Línea tres" que se estaba convirtiendo, según ella, en un peligroso enlace entre la barbarie y la civilización. Y ni ha-

blar de los merenderos y ventorrillos de los puertos de la ribera que veía ahora como lugares de corrupción, vicio y perdición. Esa caterva harapienta, ese gentío ocioso, ese maremágnum inculto, esa gentuza sudorosa y maloliente le iba dando cada vez más asco, repugnancia y miedo, lo mismo que experimentaría ella, una vez integrada en la empresa, hacia los empleados y obreros del Manjar de los manjares. Pero todavía no se había dado ese paso que tanto deseaba ella aunque visitaba a menudo El manjar de los manjares del brazo de su futuro esposo. Ya tenía sus propias ideas y conceptos sobre cada quien, que sea obrero, dependiente u oficinista sin necesidad de comentarlo con Gabino. Además, todavía no le preocupaba la vida de la empresa por no formar parte de ella y por imaginarse que ya había triunfado Gabino como empresario y que el futuro solo sería una larga acumulación de bienes sobre los que reposaría su felicidad tanto material como matrimonial. A doña Gertrudis solo le preocupaban los preparativos de su boda para asentar definitivamente su posición pero cuya fecha todavía no se había decidido. Sin noticia de ellos, había aplazado ella consciente o inconscientemente la visita a casa de sus padres, dejándose llevar por ese dulce y exquisito torbellino de luces y esplendores que la hacía sentirse toda una dama.

XV

-¿Qué te parece Gertrudis si invitáramos a los Domar el próximo fin de semana? – le preguntó Gabino interrumpiendo su lectura diaria del periódico.

-No creo que sea buena idea, cariño. Los aprecio mucho pero me da pena recibirlos en casa.

- No te entiendo. ¿Pasó algo con Isabel?

-En absoluto. Nos llevamos muy bien. Tenemos muchas afinidades en común. Es una persona muy amena, sensible y llena de vida. No te dije que la semana pasada, estuvimos juntas toda la tarde en casa de ella y la pasamos divinamente.

- Razón de más para convidarlos.

-Tal vez en otra ocasión –contestó ella, evasivamente.

-No te entiendo. Tú misma me dices que te aburre estar sola en casa.

- Voy a ser franca contigo, cariño -dijo ella acercándose a Gabino-. Las veces que nos vemos, siempre nos reunimos en un restaurante o en casa de ellos y siempre a petición de ellos.

-Razón de más para que conozcan la nuestra.

-Me da vergüenza.

-¡Cómo que te da vergüenza? – replicó Gabino sin entender.

- No te has fijado que cuando tú los invitas, siempre salen con que sería mejor que fuéramos nosotros a su casa.

-Estás equivocada Gertrudis.

- Te lo aseguro. Es que no te fijas en esas cosas, yo sí. ¿No ves donde viven ellos?

-¡Cómo no! Viven en una lindísima mansión.

- En una preciosísima mansión de uno de los más selectos barrios de Pozolindo –agregó ella, suspirando y alzando los ojos al cielo.

-¿Y qué tiene?

-Lo que tiene es que saben que vivimos en un piso. Eso tiene. Vivimos en el tercer piso de un edificio claro bonito pero chiquito y sin patio ni jardín y por suerte en la calle del Palomar.

- Te estás llenando de prejuicios, Gertrudis. Así no son ellos. Te lo aseguro. Claro que conozco a Patricio desde hace poco pero pienso que estás errada y para mostrártelo, les voy a invitar la próxima semana y verás que vendrán aunque nuestro hogar no es más que un piso, señorita Monilla. Le recuerdo que poco tiempo ha, vivía usted en un cuarto de alquiler.

- No vendrán, cariño. Te estás esperanzando. Te lo repito, los aprecio mucho pero ya empiezo a acostumbrarme a esa clase de gente que te dice las cosas sin decírtelas para que se sienta una barrera entre ellos y nosotros o al menos entre ellos y yo.

-Estás divagando, Gertrudis, y no creo equivocarme. Puede ser que seas tú la que te avergüenzas de vivir en un piso.

-Cada quien sueña con tener algo mejor y eso ¿acaso no me lo has enseñado tú?

- Por cierto. Tienes toda la razón, cariño, pero no es para tanto. Si no quieres que vengan a casa, no me importa. Pero te lo juro que estás formándote un mal concepto de ellos.

-Puede ser. Pero te imaginas tú, con ellos, y teniendo yo que aguantar las embestidas de Nuria, esa estúpida fiera indómita cuando disponen ellos de una servidumbre impoluta y dócil.

-¡Je! ¡Je! ¡Je! – se desternilló de risa Gabino.

Y en eso, llamaron a la puerta.

-¿Estás esperando alguna visita? ¿Un sábado? ¿Y a esa hora? –Preguntó Gertrudis con asombro- Espero que no se la haya olvidado algo a esa criada más necia que una burra.

-Son los Domar, cariño. No te lo había dicho yo porque quería guardar el secreto. Así que ves. Ya han cumplido.

Y se levantó Gabino en dirección a la puerta de entrada.

XVI

-¡Agustín!- dijo con cara de asombro y en voz baja Gabino-.

-Buenas noches, patrón –contestó Agustín, quitándose la gorra.

Y salió Gabino al rellano para conversar con él.

-¿Qué estás hacienda acá a esa hora? – le preguntó Gabino inquieto. ¿Algo pasa?

- Es que usted me citó. ¿No recuerda, patrón?

-¡Ah! ¡Dios mío! Se me había pasado por alto, tantas preocupaciones tengo yo... Bueno, pasa y te advierto que está mi prometida así que...

-No se preocupe, patrón.

Dirigiéndose Gabino a Gertrudis:

-Te presento a Agustín, uno de los mozos de almacén de la empresa.

Lo saludó ella de lejos inclinando levemente la cabeza.

-Encantado, señora –dijo Agustín.

-Bueno, querida, si no es mucha molestia, Agustín y yo tenemos que hablar de asuntos pendientes que, desgraciadamente, no pueden esperar.

- Se levantó ella del sofá, algo molesta y se fue al aposento.

Le dijo Gabino a Agustín que se sentara a la mesa y esperó que se cerrara la puerta del cuarto de dormir.

-¿Algo de tomar? –le preguntó Gabino.

-Una cerveza o un vino como quiera pero no se moleste, patrón.

Se quedó Agustín observando el piso que mucho había cambiado. Era más señorial, con colgaduras en las paredes y nuevo ajuar.

-Bonito piso, patrón, se ve que le acompaña una señora que tiene mucho gusto.

-Gracias, Agustín. Eres muy amable. Bueno, no perdamos más tiempo. Te cité para que se hiciera otro viaje al Peñón. Tú sabes que casi se despachó toda la mercancía y esta vez, quiero que se quintupliquen las ventas. Así que tú te las arreglas. Pero no quiero ningún tropiezo, me entiendes.

-Confíe en mi patrón, sé manejar ese tipo de cosas con la máxima discreción. Ahí, tengo mis contactos y se van a poner contentos al ver que van aumentando los pedidos. Puede ser que incluso consiga yo regatear. Usted sabe muy bien, patrón, cuantas más cantidades hay, más margen tiene uno para negociar. Así que, duerma tranquilo. Tendrá su mercancía completa y a buen precio. Le rendiré cuentas al regresar del viaje, como de costumbre.

Se levantó Gabino, abrió una de las gavetas de la cómoda de la sala y regresó con un sobre en la mano.

-Toma, es un adelanto. El resto cuando regreses.

-Gracias, patrón. Y lo metió en el bolsillo interior de su chaqueta.

-¿No lo revisas? –Preguntó Gabino-.

- Es cuestión de confianza. Yo sé que usted nunca me traicionaría, ¿verdad patrón? – replicó burlón y malicioso Agustín.

-Por supuesto, Agustín. ¡Salud!

-¡Salud!

-Te daré el dinero de la compra unos días antes de que te vayas. Y ojo que esta vez mucha plata es. Si me pierdes esa cantidad o si pasa algo, estoy en la quiebra hombre y tú, muy mal parado. ¿Seguro que me entiendes, Agustín? – le preguntó Gabino con una seriedad amenazante inusual en él.

- Mire patrón. Usted me conoce desde que trabajaba en Peñablanca. ¿Es que una sola vez le he fallado? Incluso, si bien recuerdo -y miró con insistencia en dirección a la puerta del cuarto de dormir- le arreglé algunos problemillas que poco tienen que ver con el negocio.

-¿Ya está hecho?

-Claro que sí, patrón.

- Te lo agradezco. Te entregaré lo que te corresponda junto con el dinero del Peñón y éste sí que es un dineral, no lo olvides. Y no quiero ningún enredo, te lo repito.

-Lo tengo bien claro, patrón. Yo soy una persona responsable, fiel y cumplidora. Y usted lo sabe. Entiendo sus preocupaciones y temores pero no hay motivo. Se lo aseguro.

- Me tranquilizas Agustín y, por eso, me gusta tratar con gente como tú. Y cuando regreses del viaje, dejamos por un tiempo el Peñón y nos dedicamos por completo a los jamones de Italia, algo nuevo, sin tampoco dejar caer el negocio con Francia que también nos da buenos ingresos.

-Mucha faena pues –dijo riéndose Agustín.

-Y buena paga – le correspondió sonriente Gabino.

XVII

Al oír cerrarse la puerta del piso, se fue precipitadamente Gertrudis a sentarse en la silla del tocador como si nada y se puso ella a peinarse maquinalmente esperando la pronta llegada de Gabino. Le costaba creer lo que acababa de escuchar. Si bien había oído tan solo una parte de la conversación, se sentía muy mal, con asco de sí misma por lo que había hecho y por haberse enterado de algo que mejor no hubiera sabido nunca jamás. No cabía la menor duda. Gabino no era él que pretendía ser. Hubiera querido haberse equivocado. Pero la suerte estaba echada. No había vuelta atrás. Cada movimiento del cepillo era como una herida, una desgarradura que iba destrozando su belleza corporal y de alma. Unas lágrimas perlaron su cara y se sintió fea, repugnante e innoble. Estuvo por romper el espejo del tocador con el perfumador que asía con la fuerza de la desesperación pero se retuvo como resignada y presa de su propio destino. Otra vez se sintió engañada por el ser a quien más quería en el mundo. Otra vez se sintió atrapada por las mentiras de Gabino. Pero esta vez, era como si no tuviera ella ninguna escapatoria. Se sentía cautiva y acorralada. Lo había abandonado todo por él. Lo había dejado todo por él, las amigas, los padres, doña Virginia, la capital y con otra falsedad le pagaba Gabino sus sacrificios. No se sentía con la suficiente fuerza para luchar o huir para siempre. Pedirle explicaciones ¿Para qué? Si todo lo sabía ella. Otra vez la engatusaría, otra vez la embaucaría. Enseguida pensó morir. Miró alrededor suyo y se sintió vacía como nunca. Se daba cuenta de que no era más que la muñeca del señor Serna que disponía de ella a su gusto, ilusionándola, deslumbrándola con maravillas que no brotaban de las dulces y limpias aguas de la fuente sino de las aguas turbias y sucias del alcantarillado. Tan joven se miraba en el espejo y tan desilusionada se sentía. Tuvo el pálpito de que la arrastraba y estaba sepultándola un caudaloso torrente lodoso y fangoso. Se sentía salpicada, humillada y golpeada por fuerzas superiores que la estaban devastando, arruinando en cuerpo y alma arrastrándola al abismo. Su vida ya no era suya. Se había parado al borde del precipicio. No valía la pena resistir ante tanta falsedad, ignominia e infamia. Atacada en llantos se fue al baño y se roció la cara con agua fresca *hasta que se fue recuperando paulatinamente. Mojado el cabello, entrecortado el aliento y vidriosos los ojos, se recostó en la cama, algo serenada, meditabunda y cavilosa. No estaba dispuesta a abandonar la posición recién conquistada y de la que solo ahora empezaba a gozar. No se dejaría vencer doña Gertrudis por la adversidad y no renunciaría jamás a ese mundo que tanto le fascinaba. Pero eso sí que estaba convencida de que nunca más volvería a ser la misma tonta incrédula, cándida e ingenua de antes cuando en eso entró Gabino, carialegre.*

-Discúlpame, cariño, que a veces el negocio no espera -y le dio un beso en la frente que sintió ella como el beso de una babosa. ¿Estás enfadada? – le preguntó él con exquisita naturalidad.

- Tan solo el peso de la nada – le dijo incorporándose.

-No te preocupes, cariño, que ya hablé con mi padre, ya tienes tu puesto. ¿No te alegras?

XVIII

-¡Malditos! ¡Desgraciados! ¡Sinvergüenza! -Chilló a pleno pulmón el señor Antocha.

Intentó incorporarse pero no pudo. Volvió a intentarlo de nuevo pero desistió. Le había sido fatal el tropiezo.

-¿Qué le pasa, señor? – le preguntó un paseante acercándose. Permítame que le ayude.

-Gracias, gracias, muy amable, señor –contestó el señor Antocha, jadeante y agitado.

Con la ayuda de su bastón y del señor que tenía la corpulencia de un antiguo deportista, logró Antocha ponerse de pie.

-Es que dos gamberros acaban de derribarme con una zancadilla. Me imagino que eran ladrones. Ni tiempo me *dio de reaccionar. Estaban corriendo y ¡zas! me caí repentinamente.*

- ¿Y algo le robaron?

Inquieto, el señor Antocha se palpó los bolsillos de la chaqueta y sacó de ellos una libreta y una cartera que de inmediato empezó a revisar. De tan grande que había sido el susto, se le temblaban las manos.

-Parece que todo está en orden. No creo que me falte nada.

-¿Seguro, don?

-Pues que yo sepa –contestó el señor Antocha todavía conmocionado- no llevaba nada más.

-¡Qué barbaridad! – me imagino que alguien les perseguía o que a alguien estaban persiguiendo.

- ¡Quién sabe! La verdad es que me dio un susto mayor. ¡Ay! ¡Ay! –exclamó Antocha al dar un paso.

- Pero no se puede quedar así, don. Voy a parar un coche y lo vamos a llevar a su casa.

- Gracias, gracias, es usted muy amable, pero no se moleste. Una vez en el coche, me las apañaré.

-Ni modo. No ve usted que ni puede caminar. Si me permite, le acompaño hasta su casa y, sobre todo, no se esfuerce, que le puede resultar peor.

-Muchísimas gracias, señor, que es usted muy amable y servicial.

-Espere que ya viene uno.

El señor hizo una señal con la mano y se paró un coche. Tuvieron que llamar al cochero para que pudiese subirse a la caja el Señor Antocha de tanto dolor que experimentaba.

-Yo pienso que tiene el tobillo fracturado, señor. Un mero esguince no le haría sufrir tanto. Sería mejor quitarse el zapato, se sentiría más cómodo.

-Es que no puedo –contestó el señor Antocha con muecas de dolor.

-Permítame.

Pero en el mismo momento, el traqueteo del coche hizo que casi se cayera el señor encima de Antocha.

-¡Ah Dios mío! – dijo sonriendo el señor Antocha- por poco me da una cabezada. Solo eso faltaría. ¡Que hubiera dicho mi esposa al verme!

- No se preocupe que ya estoy por quitárselo.

Crispado y sudado, se contenía el señor Antocha de tan insoportable que era el sufrimiento y, al mismo tiempo, tenía ganas de reírse por lo chistoso de la situación. Solo a mí me pasan cosas así –pensó entre dientes Antocha-. Además, tenía ese señor un busto de atleta y era como si sus alas llenaran toda la caja y cubrieran la pobre figura del señor Antocha.

-Ya está. -¿Se siente mejor?

-Más aliviado, la verdad.

- Pero me temo de que sea una fractura, don.

-¿Es que tiene usted alguna pericia facultativa? – le preguntó algo preocupado Antocha.

El señor lo miró de forma extraña.

-No entiendo, señor, ¿por qué piensa usted que soy funcionario? No pertenezco a ningún cuerpo facultativo.

Hubo un silencio. Y de repente, ambos se pusieron a reír de la confusión pero al pobre Antocha le dolió aún más la herida. Y replicó el señor:

-En su caso, la consulta al médico tiene que ser obligatoria.

Y no facultativa pensó entre risa y dolor el señor Antocha.

-Y en lo que a mí me concierne, Señor, tan solo entrené durante varios años a uno de los primeros equipos de rugby de la capital. Y por eso le aseguro que tiene el tobillo muy, muy inflado.

-¿Y eso?

- Mal agüero. No puede ser más que una fractura. Al regresar a casa, tiene que ver a un médico o ir al hospital.

-¡Ah, Dios mío! Solo eso faltaba. Ya llegamos, me siento más tranquilo.

Se paró el coche delante de la morada del señor Antocha y lo vio llegar su esposa por la ventana, asustadísima. Entró en casa el señor Antocha, sentado en los brazos entrecruzados del cochero y del señor corpulento que caminaba como un pato para estar a la misma altura que el rollizo y rechoncho cochero que, dicho sea de paso, parecía más preocupado por el reloj que por la salud del pasajero.

Y al ver que estaba en buenas manos el señor Antocha, se despidió el buen hombre y se subió a la calesa. Ni aceptó quedarse pese a la agradecida insistencia de la Señora de Antocha. Tampoco quiso que pagara su esposo la carrera al cochero.

XIX

La fractura del señor Antocha cayó como anillo al dedo y fue contratada Gertrudis a la semana siguiente, el tiempo necesario para que Gabino avisara a su padre del incidente y que éste diera su visto bueno. El telegrama de don Pedro no fue del agrado de Gabino y éste se sintió un poco vejado porque le dio a entender su padre que tan solo sustituyera ella al Señor Antocha mientras éste estuviera de baja. Pero lo tomó Gabino como un primer paso que mucho tardó en dar el pobre Julio Antocha, condenado a quedarse encamado o sentado la mayor parte del tiempo en la butaca de la sala, escuchando las incesantes recriminaciones de su esposa Margarita que solo velaba por su bien. Tan solo preocupado porque le quitasen el yeso y pudiese volver a caminar cuanto antes sin muletas, muy lejos estaba Antocha de imaginarse lo que le contaría Altamirano poco tiempo después en su propia casa.

La vida de los gamberros de poca monta o de los golfillos, en términos generales, tiene eso de peculiar que poco se resisten a contar sus hazañas por muy pequeñas que sean. Una copa de más y ya se sienten con alas de artistas del hampa y se les olvidan su primera clase de gramática callejera y, en particular, la primera de todas las reglas que no tolera excepción alguna: las paredes oyen. Fue así como vino a los oídos de Carlos Arturo Palencia una de las últimas proezas de Agustín. Ya lo tenía CAP en su mira desde hacía tiempo y solo era esperar que cayera la fruta podrida. Al enterarse de la emboscada que le tendieron al pobre señor Antocha, al fin tenía CAP algún cabo del que tirar y no quiso dejar ningún cabo suelto.

Nacido y criado en los arrabales de la capital y fino conocedor de sus aceras y calzadas, era CAP un hombrecillo entre miles que había aprendido a manejar el duro ejercicio de convivir con pilluelos, rateros y tunantes e incluso de ser amigos de muchos de ellos sin jamás compartir sus aficiones y normas. El límite -decía CAP- se encuentra en el principio número uno que él mismo se había forjado a lo largo de su corta vida de vendedor callejero y mozo de cuadra, estación y por último, almacén: ser pobre no significa ser deshonesto. Y en nada era CAP corto de vista pese a su corta edad. Bien que sintiera que le faltaba algo imprescindible para ser alguien en la vida, intuía que saber leer y escribir era la única manera de conseguir ese fin y no dejarse arrastrar por el latrocinio que solo lo podría llevar al calabozo o al cadalso. Vivía en un barrio miserable, de ésos cuyas casas tenían muros de tablas o de adobe y cuyos techos atochados dejaban pasar las torrenciales lluvias estivales. Allí se conocía a su familia como los de Esparto por vivir su madre del esparto, haciendo sogas y esteras al igual que su padre, que recogía las plantas y sus hojas para vendarlas luego a las industrias de Pozolindo con el fin de hacer tripes o pasta para fabricar papeles.

Muchos años después, recordaría CAP con gracia y donosura sus mocedades con sus dos fieles amigos de infancia que más luego trabajarían con él en el Manjar de los manjares y que, sin quererlo, tan solo por haberle dado el divertido título de Carlos Arturo Palencia de Esparto, -que tan solo ellos podían entender- le facilitaría a él el trato y negocio con gente de la alta por entender ésta que el señor Palencia de Esparto era de los suyos. Por llevar la preposición "de" que generalmente se antepone a algunos apellidos de familias nobles y por otros motivos que según parece, siguieron vías y voces religiosas, se dijo también, entre las altas esferas provinciales, que el abolengo de ese joven de lindas facciones y ojos penetrantes bien podía remontarse a los tiempos de la antigua Grecia y de ahí su verdadero apellido: Carlos Arturo Palencia de Esparta.

Al enterarse de la zancadilla por voces del barrio y al constatar que efectivamente el señor Antocha ya no trabajaba en El Manjar de los manjares, lo primero que hizo Carlos Arturo Palencia de Esparto o de Esparta, apodado CAP, fue averiguar si, de verdad, estaba metido Agustín en ese lío. Y no le fue difícil cerciorarse de que sí lo estaba y atado de pies y manos. Era la fiel sombra de Gabino Serna. En ese mundo de la escoria en que el soplón o chivato nadaba como pez en el agua, todo terminaba por saberse. Pero la norma para subsistir era ver y callar y nunca entrometerse en negocios ajenos. De tal forma que ya se sabía en el barrio y demás lugares de mala muerte en que muy pocas veces entraban las Autoridades que Agustín era el maestro de las altas obras del señor Serna. La presencia de Agustín en cabarés, clubes selectos e hipódromos de la capital no se explicaba tan solo porque tuviera dinero sino porque ya se sabía que era el chico para todo del Señor Gabino Serna. Pero lo que más preocupaba a Carlos Arturo era que esta vez, no habían vacilado en usar métodos indignos y violentos. ¡En qué mundo estamos viviendo! -se encolerizó CAP- dar una paliza a un pobre viejo indefenso y, de inmediato, entendió CAP el motivo que todavía le escapaba al recordar la incorporación a la fábrica de la Señorita. ¡No me pasa! ¡No me lo puedo creer! Debe de ser por eso que le rompieron una pierna al pobre don Luis. Esa gente de la alta actúa como los gamberros del barrio pero, claro, sin nunca ensuciarse las manos. ¡Qué asco! ¡Qué vergüenza! Pronto me iré de esa tienda –dijo entre dientes Carlos Arturo- cosas peores pueden pasar. Pero por el momento, lo más sensato –pensó entre sí CAP- es hablar con el señor Altamirano. El se mira buena persona y no parece ser el simple ejecutor de las decisiones del Director. Tiene su propio juicio y criterio y no vaciló el señor Altamirano en mostrarse comprensivo conmigo y con Belén ante lo que consideraba él auténticos abusos del patrón. De tal suerte que se las ingenió Carlos Arturo para hablar a solas con el señor Altamirano.

XX

-Buenas tardes, señor Altamirano – le dijo CAP que venía caminando detrás de él.

-Buenas tardes- Carlos.

- ¿Me permite que le acompañe un rato ? – le preguntó CAP.

El señor Altamirano, acostumbrado a la franqueza del joven, no se sorprendió y le contestó, sonriente, que por supuesto que sí y viendo que a CAP le costaba empezar a hablar, inició él la conversación.

-¿Qué es lo que te preocupa, joven?

-No es ninguna preocupación, señor Altamirano, es tan solo una inquietud mía.

-A ver. ¡Cuéntame!

- ¿Usted es gran amigo de don Luis, verdad?

-Por supuesto que sí.

-Pues yo también aunque usted no lo sepa y la verdad él tampoco.

- A veces me cuesta entenderte Carlos.

-Es sencillo. Se ve que usted es una buena persona y aunque no trato yo directamente con el Señor Antocha por ser usted mi jefe, me preocupa su ausencia.

-¡Vaya! Es muy gentil de tu parte. Pero pronto estará con nosotros don Luis, el tiempo necesario para que se restablezca. Uno no se recupera de una fractura tan fácilmente, sobre todo a nuestras edades.

-Claro, ¿y usted lo fue a ver?

-No, todavía no. No he tenido tiempo. Pero pienso ir pronto.

-Mejor –contestó CAP en tono decidido.

-¿Y por qué lo dices?

-Es asunto delicado, señor Altamirano- Y miró Carlos Arturo alrededor suyo.

-¿Qué te pasa, Arturo? Te noto algo tenso.

-La verdad es que lo que tengo que decirle es algo importante y también algo… peligroso.

Y volvió Carlos a mirar por ambos lados de la calle.

-Me preocupas, Carlos. ¿Te ha pasado algo?

-A mí, no. Pero al señor Antocha sí.

-Claro, lo sé.

-Pero usted no sabe nada. Nada de nada.

-No te entiendo, Carlos. De una de dos. O me dices las cosas o te callas.

- He decidido hablar con usted porque le tengo confianza.

-Razón de más para contármelas, si tú quieres.

-Es que la zancadilla no fue una zancadilla.

-¡Cómo? ¿Qué quieres decir? –preguntó con el ceño fruncido el señor Altamirano.

-Digo que fue una zancadilla porque le dieron una y, por ello, el pobre don Luis está como está, pero lo que quiero

decir es que fue una zancadilla voluntaria, eso es, voluntaria. Un truco pues, una ratonera para que se vaya de la empresa don Luis.

-¡Pero estás loco, Carlos! ¿Te das cuenta de lo que dices?

- Claro que sí, don. No soy ningún estúpido.

-¿Estás profiriendo acusaciones graves?

- Lo sé. Lo sé.

-Me asustas, Carlos. Y empezó a su vez el señor Altamirano a mirar alrededor suyo.

-Lo que le digo es la verdad monda y lironda. Y sé quiénes fueron los que lo emboscaron.

-¡Cállate, Carlos! –susurró el señor Altamirano – Mejor vamos caminando en dirección al parque central y me lo cuentas todo.

-¡Vale!

-¡Vale!

Una vez llegados a su destino, se sentaron en un banco aislado.

-Pues, cuéntame lo que sabes Carlos, que tengo un nudo en la garganta.

-El que agredió a don Luis fue Agustín.

- ¿Agustín? ¿Agustín? ¿El joven de la empresa? ¿El que trabaja contigo?

-Sí. El mismo. Claro que no fue él quien lo agredió pero fue él quien reclutó a dos compinches suyos para hacerlo. Y a mi modo de ver, como suele ocurrir a menudo, esos dos crápulas se pasaron.

-¿Cómo que se pasaron? -preguntó amedrentado el señor Altamirano.

- Que no se midieron, quiero decir.

-¡No me digas…! ¿Y tienes pruebas? - Inquirió el señor Altamirano, preocupadísimo.

-Me sobran las pruebas, señor Altamirano. De lo contrario, no estaría hablando con usted y perdiendo el tiempo a esa hora que mucha faena tengo en casa para ayudar a mis padres. Y le puedo decir, además, que Agustín es el hombre de confianza del patrón y que lleva una vida que en nada encaja con la de un obrero.

Boquiabierto, atónito y silencioso estaba Altamirano, observando frente a ellos los gorriones que estaban picoteando en el césped.

-Usted sabe, don, que cunden las voces del barrio como reguero de pólvora y no es tan difícil, créame, saber quien encendió la mecha.

-Pues, me cuesta admitirlo, Carlos. Pero te creo... Eso sí que te creo... Y te doy las gracias por informarme de todo eso. ¡Qué lío más engorroso hasta que me da escalofríos!

-Usted tiene que hablar cuanto antes con el señor Antocha y contárselo todo ya –dijo Carlos en tono firme, convincente y con mucha madurez.

-¡Suave, suave, joven! No hay que precipitarse. Estoy pensando en todo ello y no te voy a ocultar que estoy trastornado. No es tan fácil contárselo así de buenas a primeras a don Luis. Necesito pensarlo.

Y le vino a la mente al Señor Altamirano lo que había pasado con don Gabino acerca de Bellota. Primero, tenía que hablar con Luis, escoger el buen momento para que no cometiera ninguna imprudencia y convencerle de que decidieran entre los dos de lo más conveniente. Hablar con don Pedro sería lo último. Ya acababa de entender el señor Altamirano que la pronta presencia de doña Gertrudis en El Manjar no era, tal vez, mera casualidad pero no quiso tocar el tema con CAP.

-¿Y a usted le gusta doña Gertrudis? -le preguntó Carlos Arturo.

-¿Por qué me lo preguntas? –contestó, molesto y algo incómodo el Señor Altamirano.

-Por nada.

-Bueno, Carlos, te agradezco la confianza y, sobre todo, te pido por favor que guarde la máxima discreción sobre este asunto que, no te lo niego, es asaz preocupante. Así que sabes que puedes contar conmigo pero mejor, por el momento, que no nos veamos y que por supuesto no toquemos el tema en la empresa. Te prometo que hablaré con don Luis y verás que todo se va a solucionar.

-¡Qué así sea! –contestó CAP, dubitativo. Adiós pues, señor Altamirano y cuídese.

-Igualmente Carlos y saluda a tus padres de mi parte.

Se fue CAP para su casa, momentáneamente aliviado y a la vez intranquilo al entender que había metido al Señor

Altamirano en una situación más que embarazosa. Pero no tenía de otra.

Sin embargo, sabía el listo y joven CAP que había actuado bien, con razón y justicia.

El aleteo de la mariposa

XXI

El largo viaje a la capital no fue del todo relajante pero lo vivió doña Virginia como un regreso a la fuente de la eterna juventud. A pesar de su edad, tomó las cosas tal como se presentaron, con naturalidad y un buen humor a todas pruebas que fueron sorprendiendo mucho al mismísimo Leandro. Si bien había aceptado Leandro hacer el viaje a la Corte con ella, que sabía asaz penoso y cansador, incluso poco antes de salir, al ver a la señora caminando dificultosamente hacia el coche, pensó que había sido una verdadera insensatez, un estúpido desafío que aceptó ella, así por así, sin pensarlo ni un solo instante. No quiso decírselo. Ya era demasiado tarde. Además, se mostraba doña Virginia tan entusiasmada y exaltada que renunciar a la Corte hubiese sido como quitarle las grandes ilusiones que iba haciéndose desde hacía unos días, o peor, como echar un jarrón de agua fría a sus esperanzas. En efecto, había preparado y escogido con mu-

cho esmero doña Virginia sus prendas de vestir así como sus mejores galas. Le llevó Leandro sus maletas y las metió en las traseras del coche y tras abrirle la puerta, la ayudó a subirse. Translucía su semblante una traviesa felicidad juguetona que, de inmediato, había percibido el mayordomo en su mirada al despedirse de ella. Mucho tiempo tenía de conocerla y raras veces la había visto con ese destello de felicidad e intemperancia. Tanto tiempo tenía ella de no salir de su casa y mucho más de no viajar. El viaje a la Corte fue como volver a sus mocedades. Así lo percibió ella desde el inicio y así lo fue percibiendo él poco a poco. De tal forma que las incomodidades, molestias y los fastidios del viaje pasaron desapercibidos para la mayor sorpresa de Leandro. Nunca hubiera pensado él divertirse tanto con doña Virginia que bien hubiera podido ser su abuela.

Sin duda alguna, fue la primera noche a la altura de ese viaje tan insólito como asombroso que siempre recordaría, muchos años después, Leandro. Se fue el tuteo tan rápido como deja uno el paraguas al entrar en casa. Y esa noche tormentosa fue el anuncio de un recorrido sin par que empezó en un albergue más lúgubre que una cueva. La violenta tormenta que se abatió en los olivares y viñedos como a eso de las tres, les obligó a hacer una *pausa en un pueblo desolado que se prolongó hasta el amanecer. Acompañaban a Virginia y a Leandro, tres pasajeros más que se habían subido poco tiempo después a la salida de Pozolindo. Un labriego que iba a la capital por asunto comercial y una pareja de anciana edad, por asunto familiar. Tan serios, graves y austeros eran su porte y conversación que ni Virginia ni Leandro se atrevió a decirles que, por su parte, era por distracción. De tal forma que sólo se cruzaron furtivas miradas y muy pocas palabras. Solo se oía el traqueteo de la caja, unos cuantos suspiros y, de vez en cuando, los latigazos e interjecciones del cochero. Menos mal que Virginia y Leandro lectura tenían y que interrumpió el temporal esa infinita sensación mortificadora. Salir de ella fue para ellos como un alivio y lo primero que ambos hicieron fue precipitarse hacia la terraza cubierta para abrigarse y escoger una mesa apartada en la que, al fin, podrían charlar a sus anchas, relajarse y comer algo en espera de que cesara el mal tiempo. Desgraciadamente, arreciaron las lluvias y tomó el cochero la decisión de no ir más lejos y esperar el día siguiente para volver a emprender el viaje. Y empezó a dirigir el tiro hacia la caballeriza. De inmediato, se disgustó la anciana al intentar convencerle de que siguiera el camino. Furioso, se metió el labriego en la plática, alegando que no tenía ni un minuto más que per-*

der y que no se podía retrasar un viaje tan solo por un leve chirimiri. Al ver que el labriego estaba de su lado y que no tenía pelo en la lengua, metió más fuego a la hoguera la anciana pese a los vanos consejos de su marido que intentaba mal que bien templar sus ardores. Al inicio, se mostró muy paciente el cochero al explicarles que, en esos parajes, la sobreabundancia de lluvia en esa temporada seca obstaculizaba el paso de los vados que se transformaban en un dos por tres en abundantes ríos y que, por consiguiente, tan solo era esperar que terminara la lluvia y que no había de otra. Pero los dos pasajeros solo se dejaban llevar por su propia exaltación como si pudieran más los gritos que la fuerza de la naturaleza. Doña Virginia, Leandro y el mesonero, quién se había salido al oír el alboroto, quedaban viendo la escena desde la terraza, procurando descifrar el sentido de esa discusión un tanto extraña en medio de unas lluvias torrenciales que arreciaban. Pero sabio era el cochero. Y bien que se le hinchó a éste las narices al oír tantas voces y disparates, supo encontrar la réplica idónea para que volviera la armonía. Dirigiéndose al labrador endemoniado, llanamente y con mucha pedagogía, le explicó: "Aunque agua necesita el labrador, anegarse no puede en sus propios huertos". Hubo un largo silencio y volvieron a serenarse los ánimos pero se cerró aún más el tiempo.

Ya no era para quedarse más afuera ni para perderlo en vano. Ya lo había decidido el destino.

XXII

Pese a algunos claros que iluminaron un tanto el albergue al atardecer, no paró de llover, tronar y relampaguear en toda la noche. Volvieron a encontrarse los pasajeros a la hora de la cena, frescos, con ropa seca y a todas luces, con un hambre canina. Muy poca luz entraba por los huecos y las troneras de los gruesos muros toscamente tallados y tan solo la tenue luz de un quinqué en cada mesa alumbraba la sala. Todo se miraba bien limpio, aseado pero la poca altura de techo, la falta de claridad y de ornamentos daban a la sala de comer un aspecto oscuro, conventual y hasta lúgubre. Eran de paja el respaldar y el asiento de las sillas y, de madera, las mesas cuadradas que no llevaban manteles, tan solo platos y cubiertos de lo más comunes como aquéllos que se encuentran en los comedores de los mercados. Al entrar doña Virginia y Leandro, estaba ya sentada la pareja de ancianos y justo al lado, se encontraba la mesa del labra-

dor. Ya habían empezado a echar migas y, de vez en cuando, miraban de reojo la anciana y el labriego al cochero, quién había escogido una mesa apartada, en una extremidad de la pieza. En la otra extremidad, estaba otro señor, solo, de negro vestido, con quevedos, leyendo el periódico. Virginia y Leandro se sentaron en medio de la sala tras saludar a cada comensal con una inclinación de la cabeza. Se apareció el mesonero al rato y, como si diera una vuelta maquinal, atravesó la pieza sin decir ni pío y regresó a la cocina. Cada quien lo observó con extrañeza sin atreverse a pedir la minuta. Fue tan solo después de una larga espera cuando regresó él, disponiendo en silencio una sopera humeante, una cesta de pan y una garrafa de tinto en cada mesa. Era como un fantasma, sin edad, anguloso, huesudo y enjuto de carne. En cuanto a la magra sopa que sirvió, más hueso tenía que carne.

-¿Qué te parece la sopa, Virginia? –le preguntó Leandro, haciendo muecas de insatisfacción y levantando los ojos al cielo.

- Mira, Leandro –contestó ella con una sonrisa de fatalidad y viéndolo a los ojos- Mejores sopas he comido en mi vida, te lo aseguro. Pero si tuviera que ser franca y

honesta contigo, te diría que esta sopa la sirvieron en el pupilaje de don Diego Coronel.

Al oír la graciosa e inesperada respuesta de Virginia, no pudo más Leandro que desternillarse de risa sin alterar en absoluto el silencio monacal del lugar.

-Otra copita – le preguntó, reidor, Leandro a Virginia.

- Con mucho gusto, Leandro –contestó ella viendo alrededor suyo - al menos tenemos un motivo con que alegrarnos la vida.

-Afortunadamente, el vino y el pan no son de misa pero desgraciadamente, creo yo que no voy a poder dormir esta noche, Virginia.

- ¿Y por qué lo dices? ¿Todavía te dan miedo los fantasmas o los relámpagos? –preguntó ella con mucha sal.

- Tranquilízate, Virginia, que no voy a levantarme a media noche pegando gritos al cielo aunque te lo digo con sinceridad, en ese lugar tan… puede ser que tengamos sorpresas.

-¿Crees tú? –contestó ella entre divertida y algo inquieta.

-Pero no, lo decía en broma. Me refería a que dormir el estómago vacío me resulta imposible, voy a tener que ir a la cocina por la noche y quién sabe con quién o con qué voy a encontrarme.

-Lees demasiadas novelas picarescas, Leandro. No te preocupes, que no me conoces. Soy una mujer muy precavida y por ello, llevé en mis maletas, a ver si bien recuerdo: chorizo, lomo y tortilla.

-¡No te creo! –exclamó Leandro, iluminada la mirada del contento.

-Que sí. No te miento. Lo que no me queda es pan.

Y se miraron los dos de hito en hito pensando en lo mismo en el mismo momento.

-Fíjate bien, Leandro, por si acaso llega el mesonero o si alguien me ve.

-¿Que lo vas a hacer? –preguntó, atónito, Leandro.

-Mejor yo que tú. Nadie me va a sospechar. Dime cuando.

-Ya. Nadie nos mira –dijo susurrando.

Y agarró Virginia la mitad de la hogaza ya cortada en rebanadas que puso discreta y velozmente en su bolso.

-Uf –ya está. ¿Nadie me vio? –preguntó ella con nervios.

-¡Cómo no! Te vio el labrador, creo yo.

Se puso seria y coloradísima Virginia.

-¡Qué vergüenza me da! – musitó ella. Van a pensar que soy una ladrona.

-Pero no, Virginia –dijo Leandro algo guasón-. Todavía no me conoces, no sabes que soy muy bromista.

-¡Uf! ¡Qué susto me has dado!

-¡Y qué? De todas formas, ¡lo vamos a pagar o no?

-Claro, tienes toda la razón. Y al diablo las conveniencias.

- Y además, Virginia, quien sabe cuánto nos van a cobrar por pasar hambre. ¡Es el colmo de los colmos!

-Bueno –dijo Virginia- al terminar ese sabroso banquete en ese magnífico restaurante, te invito al aposento mío a compartir una auténtica cena. Sencilla pero sustanciosa.

-¡A la pata la llana! –contestó Leandro, admirado por el porte tan exquisito de Virginia. Parecía disfrutar ella de esas pequeñas adversidades con el sabor de la juventud.

-¡A la pata la llana! –repitió ella, de muy buen humor y empinando el codo.

XXIII

Al día siguiente, había dejado de llover y muy soleada estaba la mañana, lo que llenó de satisfacción a todos los pasajeros. Era como si nada hubiera pasado, como si se hubieran esfumado los rencores y disgustos de la víspera al igual que el mal tiempo. Nadie quiso desayunar en el lugar y nadie contrarió al cochero cuando propuso éste hacer una breve pausa a unas leguas del albergue donde sabía él que se encontraba en la plaza de otro pueblo, una tahona de las más ricas en la que no solo se panadeaba a lo exquisito sino que se amasaba y horneaba a lo fino. Incluso el labrador, hombre corpulento de por sí, prefirió pastelear a contradecir al chofer. Se le sonaban las tripas y estaba dispuesto a cualquier sacrificio con tal de llenarse la panza. Y no se equivocó el cochero. Todos lo alabaron y le dieron las gracias por llevarlos a saborear unas bollerías calientes y crujientes de las más deliciosas al igual que el chocolate espeso y calientito. Tan *solo Victoria y Leandro desayunaron en forma ponderada por los ricos y sabrosos tentempiés nocturnos.*

Después de tan opíparo desayuno, se fue animando el ambiente en la caja. De vez en cuando daba voces el cochero, no por el mal camino o por advertir de algún peligro sino para describir algún paisaje, sitio o monumento que consideraba él de su agrado y de sumo interés. Pero no se daba cuenta de que nadie oía sus divagaciones y cada quien fingía maravillarse por la belleza del supuesto lugar. Dichas confusiones favorecieron sin lugar a dudas el acercamiento entre los pasajeros. Inició el labriego una plática con Leandro en la cual se metió don Adolfo y empezó doña Virginia a charlar con doña Vicky si bien ésta la miraba con cierta animadversión debido, tal vez, al candor, a la sinceridad y alegría de aquélla que se reflejaba también en su indumentaria de colores vivos. En cambio, vestía doña Vicky de duelo perpetuo y no le gustaban los tiempos nuevos. "Antes" era su palabra favorita y daba la impresión de vivir anclada en el pasado tal como una sombra en el presente. Quizás lo que más le molestaba era que tenían ambas la misma edad y quizá, veía ella en doña Virginia lo que ella, en el fondo de su alma, hubiera querido ser. Pese a esas nade-rías, el viaje en sí fastidioso, pasó más rápido y más entretenidos lo pasaron los viajeros. El labriego Pedrón, que así quería que lo llamaran, contó con mucha pasión y convencimiento que iba a la capital con objeto de de-sarrollar aún más los negocios que tenía con la cervecería familiar Ormuz. Cultivaba lúpulo y cebada y desde hacía unos años, proveía la fábrica de dichos cereales. Pero a él no solamente le interesaba la producción que estaba en sus inicios, sino la comercialización que consideraba algo fundamental en la empresa. Y le reprochaba con vehemencia a la familia Ormuz su poca preocupación por dicha actividad, o dicho de otro modo, su falta de inversión en ese sector. No lo decía así por así sino porque también era accionista en la fábrica y bien conocía las facultades que dicha posición le otorgaba. Para el mayor contento de Adolfo y Leandro, tenía Pedrón una maleta llena de muestras y, ante la curiosidad de ambos, no vaciló en sacar unas cuantas botellas para que cada uno diera su opinión. De inmediato y como una beata que olfatea el peligro, puso doña Vicky ojos de platos, hizo muecas de desacuerdo y viendo que no bastaba, pretextó que era demasiado temprano para tomar cerveza. Pero pese a las apariencias, don Adolfo no era de ese tipo de hombres que parecía dejarse mangonear y le dijo con tono firme y decidido:

-Te prometo, querida esposa, que tan solo voy a probar una. Tan solo una y ya.

-Está bien – contestó ella, frunciendo el ceño. Sabía ella que ese "ya" que tanto odiaba por ser sinónimo de "ya basta" tenía la facultad de desencadenar una tempestad y no quería en absoluto que eso pasara sobre todo en público. ¡Qué pensaría doña Virginia! ¡Y qué vergüenza podría pasar en presencia de todos!

-Está bien que pruebe, doña –dijo Pedrón- como para tranquilizarla. Le aseguro que esta cerveza no es de las que le embriaga a uno. La calidad del lúpulo mío y de la cebaba mía, procesada con mucha maestría hace de esa cerveza una bebida sabrosísima, encantadora y no de esas cualquiera. Y, disculpe mi grosería, doña Vicky, se me había pasado por alto ofrecerle una para que catara ese delicioso brebaje.

Solo eso faltaba –pensó entre dientes doña Vicky- que tan solo le contestó, crispada y con una sonrisa mecánica:

-Le agradezco su gentileza pero no suelo tomar alcohol.

Su marido la estaba viendo como quien dice eso no te sentaría mal, amor mío.

-Y a usted, doña Virginia, ¿le apetece una cerveza Ormuz?

Doña Virginia miró a Leandro de hito en hito y él se puso a reír como diciéndole a mí me da igual, no necesitas de mis consejos. Si tomas vino porque no cerveza.

Y ella contestó:

-La verdad es que con el calor que hace, pienso que no me sentaría mal. Hace tanto tiempo que no he tomado una –suspiró ella-. Y además, siendo yo sincera e inexperta, así le diré sin rodeo ni tapujo, lo que pienso de su producto.

Se atragantó doña Vicky y la miró con aún más desprecio y tirria. Doña Virginia le correspondió la mirada con una sonrisa de ésas que significan puedes pensar lo que quieras, arpía, a mí no me importa.

Y Pedrón, seguro de sí mismo y de la calidad de su cerveza, abrió una botella grande sin recordar que vasos no tenía.

Amorró doña Vicky pero enseguida le dijo su marido con una sonrisa fingida y en tono de lo más cortés:

-Amor mío, tendrías la amabilidad de prestar los vasos nuestros.

Asintió ella sin rechistar y se ejecutó.

Y de repente, se oyó el espumoso chorro de la cerveza ambarina de dorados reflejos llenando el primer vaso que Pedrón ofreció a doña Virginia.

Todos miraban, admirados, el brillante y perfumado brebaje, e incluso doña Vicky cuyo marido no pudo aguantarse al decirle:

-Ya ves, cielo, lo que te pierdes.

Ella se encogió de hombros y no dijo ni pío. Todos estaban esperando el veredicto de doña Virginia y, por supuesto, que les sirvieran a ellos también una copita. Y se paró el coche más luego, no por mareo de alguno de los pasajeros sino por voluntad de don Adolfo quien llamó a gritos al cochero para que también pudiese dar su opinión acerca de la cerveza Ormuz. Tan solo entendió doña Vicky que esa intención no era la verdadera y tal como lo presagió ella con furor contenido, se prolongó la parada hasta después de la hora de la siesta.

XXIV

Al anochecer llegó el coche a la ciudad y no pudo, por supuesto, recuperar el tiempo perdido pero qué importaba, todos o casi todos estaban felices y ya el tiempo no importaba. Podía esperar la Corte unos días más. Y ante la inquietud de doña Vicky, la única en parecer angustiada y ansiosa, le había dicho don Adolfo, sin titubeo alguno y a modo de consuelo: "no te preocupes, amor mío, que la luz de Ormuz nos guiará a buen puerto". Bajaron del coche bien avanzada la noche y se dirigieron a una iluminada posada de una calle concurrida, con hambre y sueño. Apenas le dio tiempo a uno de los criados del mesón de enseñarles sus respectivos aposentos que ya estaban todos en la sala de comer, sentados a la mesa pero, esta vez, alrededor de mesas contiguas. No tenía esta posada nada que ver con el albergue de la víspera. Apenas instalados, se había acercado un elegante camarero con pajarita alrededor del cuello para ofrecerles un detalle de *bienvenida, un aperitivo casero que corría a cargo de la dirección. Tan solo doña Vicky tomó un zumo de piña. Ardía el fuego en unas grandes parrillas donde se asaban chanchos del monte y chorizos caseros. Huelga decir que a cada convite le daba la boca agua. Un pianista, sentado en un rincón, tocaba suavemente y con sutileza piezas alegres.*

-¡Qué rico me siento! –dijo don Adolfo a quien ya se le había olvidado por completo los acérrimos reproches de su esposa quien le recordó en el cuarto que a un entierro iban y que su conducta del día fue inapropiada e indecente. A todas luces se sentía rejuvenecido don Adolfo y como queriendo agradecerle a Pedrón -que estaba sentado con Arnoldo en la mesa vecina - su gesto del día y con con la carta de vino en la mano, les dijo:

- Esta noche, amigos míos, van a probar uno de esos añejos riojanos que tanto me agradan. Y les invito yo.

Se levantó don Adolfo con porte majestuoso y se fue a la mesa de Leandro y doña Virginia ante la que se inclinó y a quien hizo unas preguntas de cortesía para luego invitarlos también. Se sentía don Adolfo como el anfitrión de la noche, un hombre liberado de no se sabe qué peso. Y de inmediato cumplió; llamó al camarero y en voz alta y decidida, le encargó tres botellas del mencionado vino, una para cada mesa. Estaba aterrada y enfurecida Doña Vicky. Miró ella hacia la otra mesa en la que estaban sentados un apuesto señor de avanzada edad y una señorita muy elegante, pero demasiado para que fuesen naturales sus encantos. Era obvio que eran amantes y esa visión de dos viejos verdes, uno por obsceno e indecente, otro por pueril e infantil la repugnó y le dio ganas de poner verde a los dos y en particular a su pendejo de marido a quien maldijo por su imperdonable conducta a tan solo unas horas del velatorio, de la misa y del camposanto. Estaba tan endemoniada su alma que incluso se tornó a pensar que a lo mejor ese joven y buen mozo de Leandro era el amante de esa vieja, esa sinvergüenza, desfachatada y desvergonzada mujer a quien acababa de requebrar su marido. Y le entró una de esas nauseas que a duras penas pudo disimular. Si bien guardó silencio en la cena simulando una gran fatiga, por la noche, encamada la pareja, no paró ella de fiscalizar y censurar a doña Virginia y a Leandro por lo que se imaginaba ella y tampoco cesó de acribillar a esos dos odres sin fondo que tan solo disparates y vulgaridades decían. Quería a toda costa que su esposo tomara carta en el asunto y le diera la razón. Pero conocía don Adolfo a su esposa como la palma de su mano y, para evitar cualquier escándalo, asentía con la cabeza en la almohada. Y terminó doña Vicky hablando a solas, excedida por los sonoros ronquidos que su marido empezó a emitir.

Menos mal que a los pocos días de terminar el viaje, se enteró doña Vicky de que Leandro no era amante de doña Virginia sino su hijo. Y se sintió ella avergonzada y apenada.

-Ya ves, le dijo el marido a solas, solo te dejas guiar por tu fantasía, prejuicios y obsesiones y terminas odiando a medio mundo, sin motivo alguno. Mira como se porta doña Virginia, que mujer más amena y resplandeciente. Es una alegría verla cada día.

- ¡No te da pena hablar así de otra mujer ante tu esposa! –exclamó ella, con ribetes de celos.

- ¡Cómo que voy a avergonzarme! Eres tú la que deberías de arrepentirte por tus malos pensamientos. Si alguien no es como tú o no piensa como tú, lo rechazas y lo ves con aires de superioridad. Ese es tu problema. Y por eso siempre te mantienes apartada, silenciosa o finges estar indispuesta. La vida no es así y te lo digo porque empiezas a cansarme: si no cambias, algún día puede ser que me vaya y que encuentre otra alma más dulce y sincera que la tuya.

-A imagen de doña Virginia – soltó ella con rabia y desdén.

-¿Y por qué no! Al menos ella se ríe, disfruta de la vida, de cada momento y se relaciona tanto con gente como nosotros como con Arnoldo el cochero. Eso sí que te duele en lo más profundo y por eso la repudias. En el fondo, creo que estás celosa de ella. Fíjate bien, tienen la misma edad, ella radiante, feliz y tú, una vieja amargada y refunfuñadora.

-Más no puedo oír, ¡qué vergüenza me das! Te descocas Adolfo. ¡No eres más que un descarado y desparpajado!

-Me voy –contestó él, determinado-. Bajo enseguida. Al menos estaré con gente que me sabe apreciar y la vamos a pasar muy bien sin que nadie tenga que refrenarse o reprimirse por miedo a que la duquesa Vicky… - y suspiró, levantando los ojos al cielo:

-¡Con Dios! -Y dio don Adolfo un portazo madre que hizo sobresaltar a doña Vicky.

XXV

Quien sabe lo que le había pasado por la mente a doña Virginia para pegarle semejante mentira a doña Vicky. Fue algo tan espontáneo que nadie se dio cuenta del engaño y, por cierto, muy bien reaccionó Leandro, con una naturalidad filial que hizo que, de vez en cuando, llamara a doña Virginia "madre" sin insistir en demasía al igual que fueron apareciendo en las conversaciones los "hijo mío" al evocar, con ternura doña Virginia, episodios y anécdotas de las travesuras de Leandro desde el momento en que supo caminar. Hasta el fin del viaje se mantuvo la supercheria, cada quien desempeñando su papel sin ningún tropiezo y huelga decir que fue naciendo una complicidad ejemplar entre hijo y madre a la altura de la comicidad de ese inolvidable viaje a La Corte. También fue inmemorial la última cena en que, por vez primera, todos comieron juntos en la misma mesa e incluso doña Vicky se atrevió a tomar una copita de oporto.

La verdad era que habíase decidido don Adolfo desde hacía tiempo a arrear firmemente su penco de mujer caprichosa y amarga y hacer de ella una verdadera yegua que anduviera por la vida sin anteojeras que la mante-nían con una insufrible estrechez de miras. Y no se ocultaba a sí mismo don Adolfo que también lo hacía para que pudiese disfrutar él mismo, al fin, de una feliz senectud. Ya era el momento y lo intuía. No daría ni un paso atrás. Soltaría las riendas tan solo cuando hubiese alcanzado dicha cometida. Y sabía él también que parte de la culpa la tenía él. Y ese fin de viaje a la Corte le daba la oportunidad de conseguirlo con la sola presencia de sus nuevos amigos. Y así fue. Se produjo el milagro en tan solo unos días. Y como cualquier milagro, ninguna explicación racional tenía. Tras el portazo de don Adolfo, fue como si algo se rompiese en la cabeza de doña Vicky. Pasó la noche cavilando, recordando sus mocedades, el encuentro con su marido, los desposorios, la boda, el nacimiento de los tres hijos, su larga educación, el cuido de los nietos y el camino del camposanto que se iba acercando. Y le dio un pasmo divino en que vio entreabrirse la puerta de la redención. Se puso a correr, a correr, a correr dando riendas sueltas a sus deseos pero de golpe se cerró la puerta violentamente. Por la mañana, le dio pena contar a su marido sus sueños por la posible interpretación que de ellos hiciera él. Porque al contarle sus ensoñaciones, sin lugar a dudas la puerta sería la del aposento y el portazo él de su marido. Así que prefirió quedarse con la otra interpretación toda suya, que se había cerrado la puerta por su culpa, por haberla cerrado ella misma a lo largo de su vida y que le esperaba al fin, detrás de esa puerta, un aire de libertad. Tan solo era cuestión de voluntad y se decidió a poner en práctica su firme e irrevocable resolución al día siguiente. Y de verdad que dio milagros. Se abrió la puerta con una deliciosa naturalidad. Tan solo se sinceró consigo misma y con los demás, sonriendo a la gente, dirigiéndoles unas palabras amenas que nada cuestan en la vida y que tan solo le alegran a uno el día. Todos lo notaron e hicieron esfuerzos para saludar ese leve cambio sin intentar darle explicación alguna o casi y atribuyéndolo tan solo al carácter lunático y versátil de ella. A lo mejor, era posible una recaída y todos estaban pendientes de ello. De todas formas, ya pronto estarían en la Corte. Pero vuelta hacia atrás no hubo y en esos pocos días incluso entabló amistad doña Vicky con Arnoldo el chofer y se interesó por la suerte de los caballos y por el duro oficio de cochero. Sintió ella que las barreras tendían a levantarse pero tuvo que redoblar esfuerzos cuando de acercarse a doña Virginia se trató. Todavía no se sentía tan preparada pero doña Virginia dio los pasos necesarios. Muchos cumplidos le hizo doña Vicky a doña Virginia acerca de su último hijo que mucho se parecía a ella. Y empezó ésta a contarle que pronto se graduaría de agrónomo y que se destinaba él a retomar y a modernizar la hacienda familiar tras la muerte, unos años atrás, de su marido, que en gloria esté. A Leandro le costó entablar espontáneas pláticas con doña Vicky por desconfiar de su repentino cambio de actitud pero al ver que ella incluso se mostraba más cariñosa con su propio esposo, empezó a atenuar sus críticas hacia ella. Pero, para todos, la verdadera señal de cambio fue cuando, en la última cena, aceptó ella tomar una copita de oporto. Esta vez sí que se abrieron las puertas y, de par en par, cuando en la sobremesa, pidió doña Vicky probar el anís que todos saboreaban pero en un terrón de azúcar. Antes de que cada quien subiera a su aposento, Pedrón de Ormuz pidió al camarero un bloc de papel y cada uno apuntó su dirección para que se visitaran los unos a los otros tras ese viaje a la Corte que al día siguiente terminaba. Tan solo doña Virginia sintió alguna molestia por las mentiras que había contado pero recordó en el último momento que le había dicho a doña Vicky que prefería vivir en su casa en la ciudad y no en la hacienda… Así que su honor estuvo a salvo.

XXVI

La estancia en casa de Victoria fue puro encanto y dulzura tras ese viaje tan estrambótico a la Corte. Aunque doña Virginia había anunciado por telegrama a su sobrina nieta el día de su partida, había omitido decirle que no venía sola. De tal suerte que su llegada tuvo un efecto de lo más inesperado. Si bien sabía Victoria que los coches no tenían la fama de ser relojes y que en un trayecto tan largo, siempre ocurrían percances y trances, empezaba a preocuparse por la tardanza de su tía abuela. Y le inquietaba también el hecho de que viajara sola, que no estuviera acostumbrada a ello y que además, tal vez, ya no tenía la edad para recorrer distancias tan largas y agotadoras. Cualquier lance habría podido sucederle. Y por qué, terminó pensando ella, se había decidido tan repentinamente a visitarla. Incluso mandó Victoria un telegrama a su madre para quitarse de encima esas preocupaciones pero conociendo además la naturaleza un tanto estrafalaria y despreocupada de su madre, la respuesta no vino. A lo mejor, no andaba de viaje Virginia sino que algo le había pasado en casa y nadie lo sabía. Pero se disiparon sus dudas e nerviosidades de súbito, esa famosa noche que recordaría toda su vida, cuando al oír la campanilla, salió de casa y se precipitó ella misma hacia la inmensa puerta de madera. Y, pensando caer de contento en brazos de su tía abuela, cayó en los de Leandro que un inmenso y oloroso ramillete de flores llevaba. Tal fue el embarazo de Victoria que se quedó paralizada hasta que se acercó a ella doña Virginia, carialegre y la abrazó efusivamente. La criada que había oído algo raro vino de inmediato y les ayudó a llevar las maletas a casa. A los pocos momentos recobró el aliento Victoria aunque sonrosadas seguía teniendo las mejillas y palpitante el corazón. No entendía nada. ¿Qué estaba haciendo Leandro en su casa en compañía de su tía abuela? ¿Habrían viajado juntos? ¿Era fruto de la casualidad? ¿Acababan de llegar al mismo tiempo sin que ni el uno ni el otro lo supiera? Prefirió callar y esperar a que todo se dilucidara por sí solo.

Les invitó Victoria a que se sentaran en el canapé pero volvió Virginia a abrazarla tiernamente, acariciándole el pelo, las manos, haciéndole cumplidos sobre su elegante porte y lo hermosa y agraciada que se encontraba. Mucho la quería Virginia pese a lo poco que se veían y lo sabía Victoria. Pero una vez más, se sentía apenada y algo molesta al no saber cómo reaccionar ante la inesperada presencia de Leandro que no paraba de intrigarle.

Los dos se sentaron en el lujoso canapé del salón, felices de la vida y charlando como dos viejos amigos. De inmediato se percató Victoria de la gran complicidad existente entre ellos y que solo era posible tras un largo viaje juntos. Les sirvió algo de tomar con unos canapés que solo necesitó recalentar y ordenó a la criada que preparara la cena. Huelga decir que tanto Virginia como Leandro se sentían a sus anchas. El mero hecho de estar sentados en un muelle y cómodo canapé de cuero valía todo el oro del mundo. Se había quitado Virginia los zapatos y acariciaban sus pies adoloridos la dulce y tierna alfombra. Se sentó Victoria en una butaca frente a ellos, mirándolos con contento, curiosidad y alegría.

-Brindemos pues –dijo ella- por su tan esperada venida. Pensaba que nunca llegarías Virginia, que nunca lle-garían –corrigióse ella. Estaba yo desesperada. Pensaba que te había pasado algo.

- ¡Salud! –contestó Virginia-con los ojos brillantes. No te das cuenta de lo feliz que me siento. Estar contigo, en tu casa, en la capital y acompañada de tan educado caballero. Y lo miró agradecida.

-¡Salud! -replicó Leandro, alzando copa. Me agrada decirle, Victoria, que viajar con su tía abuela fue todo un placer. Es una señora estupenda. Y agarrando la mano de Virginia, la besó.

-¡Qué gesto más tierno! –dijo Victoria, muy sensible ante la muestra de cariño de Leandro. Veo que la pasaron muy bien, que se amistaron y que tienen mucha complicidad. Estoy contentísima de recibirlos en casa a los dos. ¡No se ven tan cansados?

-¡Ah! hija –exclamó suspirando Virginia. La pasamos di-vi-na-men-te. No te voy a decir que no me siente algo molida, por supuesto que lo estoy, pero el encanto del viaje y de los encuentros hace que a uno se le olvide todo. ¿Qué te parece, Leandro?

-Por supuesto, Virginia –contestó Leandro, algo distraído.

Y notó con sorpresa ella que ambos se tuteaban.

-¡Que pareja más inusual y exquisita! – comentó carialegre Victoria.

-Si supieras Victoria que hasta pensó la gente que era yo la madre de Leandro.

-Fue culpa tuya, Virginia – contestó Leandro, riéndose.

-¡Claro! Para que no pensaran que amantes éramos – añadió Virginia con mucha malicia- a veces hay gente tan descarada y con tan malos pensamientos que es mejor ingeniárselas para alejarlos.

-No les creo -Dijo atónita Victoria.

-Se lo aseguro, Victoria. Se lo aseguro –contestó Leandro. Tiene su tía abuela infinitas dotes de narración e imaginación. Ella me crió sola, ¿no lo sabía usted? y contó toda mi vida con una desconcertante holgura desde que usaba yo pañales. Así que… Victoria, formamos familia.

-¡No me lo puedo creer! –repetía ella secándose las lágrimas con un pañuelo de tanto reírse. No te conocía así Virginia –dijo Victoria maravillada.

-Lo que pasa, hija, es que poco nos vemos y, al fin y al cabo, no me conoces.

-Otra cerveza – le preguntó Victoria a Leandro que estaba por terminar su copa.

-¡Qué cerveza más sabrosa la que acabo de tomar! ¿Por qué no? Gracias Victoria –dijo Leandro y se incorporó como si deseara aliviarse de las agujetas y del anquilosamiento del viaje. Y, de inmediato, le dijo Virginia en tono gracioso:

-¿Es una Ormuz?

XXVII

Descubrir la capital fue para Leandro algo impresionante al igual que para Virginia que se asustó al constatar que tantas cosas habían cambiado. Dios mío -decía ella- a la vez encantada y algo nostálgica por revivir imágenes y sensaciones de su pasado y mundos que ya no existían. Tantas cosas bonitas -solía repetir- tanta gente por las calles, tanto tráfico, tantos edificios, tantas tiendas preciosas, lo que me he perdido. Y de tanto repetir "tanto", terminó por llamarla Leandro "La señora de tanto". Y de verdad pasaron los primeros días tan rápidamente que llegaban a casa muertos de fatiga y la mayoría de las veces, sin ganas de cenar dado que Victoria ponía todo su afán en hacerles descubrir todos los sitios acogedores y gourmet de la capital. En uno de esos lugares fue donde comió por primera vez en su vida doña Virginia manjares chinos y donde probó por vez primera Leandro cerveza china, la famosa Tsing Tao de la que hablaría en una carta a Pedrón por tener sabores parecidos a la suya. Recorrieron la capital en tranvía de norte a sur y de oeste a este, ejerciendo Victoria de guía. Y mucho sabía ella por encantarle la vida capitalina, sus usos y costumbres. Tantas cosas quería enseñarles que tuvo que reducir drásticamente sus ambiciones por falta de tiempo y por consideración a Virginia que, a su edad, ya no estaba para soportar tanto trajín y zarandeo. De tal forma que las visitas a museos, parques botánicos, exposiciones o monumentos se espaciaron y volvieron las apacibles, amenas y joviales cenas en la sombreada terraza de la casa sin que nunca manifestara Victoria el mínimo interés por Leandro. Era como si no hubiera ni rastro alguno del beso que le había dado ella el día en que la dejó en casa de sus padres tras la fiesta en honor a su hermana Gertrudis. A Leandro no le molestó tanto esa actitud. Después de todo, seguía pensando que ese beso no era más que un roce labial furtivo, sin consecuencia.

Por su parte, Virginia volvió a encontrar su ritmo y empezó a tener sus hábitos como él de pasear cada mañana, sola, por la Plaza de los almendros que tanto había cambiado. Ni una sola tienda de su época quedaba. Claro que ahí estaban todavía los edificios, a veces con los antiguos carteles o algunos reformados pero todos habían *cambiado de dueños y más cafés y restaurantes había. La verdad era que estaba más linda que antes, tal vez por las terrazas floreadas, la glorieta y los numerosos y frondosos árboles que habían crecido. Y nunca se perdía ella los días de mercado que se celebraban los martes y sábados. Se levantaba temprano y allá se juntaban con ella Victoria y la criada para hacer las compras. Más tarde, iba llegando Leandro y les ayudaba a cargar las desbordantes cestas y espuertas hasta la casa. Y luego se ponía a leer el periódico.*

-Leandro –le dijo una vez Virginia. Deberías de apiadarte un poco de nosotras. Siempre dejas solas a esas tres pobres mujeres que necesitan de ti, de tu fuerza hercúlea para al menos subir las cestas a la mesa de la cocina.

-Pero si fue Victoria la que me dijo que no entrara en la cocina. Pero si quieres con gusto lo haré.

Pero ella lo hizo rabiar dándole toda la razón a su tía abuela y aumentando la cosa, dijo:

-Si algún día se casa, Leandro, tendrá que ser más fino y ayudarle en todo a su esposa.

-Esposa no quiero, Victoria -contestó él, sacando papas, zanahorias, nabos, patas de pollo… que iba disponiendo

en la mesa-. Quiero seguir tal como soy. No quiero perder ni un solo momento de libertad.

-¡Es que éste se nos va a hacer solterón? –replicó, con gracia, Victoria.

- No entiendo porque tanto torean al Señor Leandro –exclamó espontáneamente la criada Fabia. Es una persona muy buena y muy servicial. Me gustaría que todos los hombres fuesen así.

-Gracias, muchísimas gracias, Fabia. Al fin, alguien que me entienda.

-Pobrecillo –contestó Victoria.

-Es que mucho amor necesita ese señorito- contestó Virginia, acercándose a él como una madre cariñosa.

-Esposas son los amores –contestó Leandro- en tono teatral.

-Esa es respuesta de calavera. No una… sino todas. Un día para enamorarlas, otro para poseerlas, otro para abandonarlas, dos para sustituirlas y una hora para olvidarlas. ¿Así no es, Leandro? -contestó Victoria, picándolo.

-No soy tan goloso, Victoria. Y veo que te conoces a la perfección al don Juan de Zorrilla pero mal me conoces. "Y de tus insípidos labios" -empieza el poema...

-No sigas, Leandro –contestó Victoria, espoleada.

En ese preciso momento, entendió Virginia que lo que intuía desde el inicio era cierto.

-Al hablar de amor – querida y preciosa Victoria- hablo de no tener ataduras. Es el privilegio de la edad, tan solo eso y nada más que eso. ¿Pienso que, por supuesto, comparte usted mi punto de vista!

- Por supuesto que no –contestó ella, irreflexiva y sonrosada, tan solo para llevarle la contraria.

-¡Qué bien habla el señor Leandro! –dijo en voz baja Fabia, dirigiéndose a Virginia.

Y sacó Leandro los dos últimos paquetes que eran de merluza y caballa y fue a dejarlos en el fregadero.

-Bien, Señoritas y señoras, disculpen los malos olores – dijo Leandro tras secarse las manos y lanzar el trapo que justo cayó encima del grifo- he tomado una gran resolución.

Lo estaba observando Fabia y miraba en él como una fuerza irreprensible que la iba imantando desde que había pisado el suelo de esa casa.

-Esta mismísima noche –prosiguió Leandro- me encargo yo de preparar la cena. Y espero no decepcionarlas. Claro con previa autorización de la dueña de la casa -Y le dirigió Leandro a Victoria una de esas miradas tan penetrantes e intensas que tuvo ella que agachar la vista por un instante.

-La casa es suya –contestó ella con sorpresa y agrado- Quiero decir, la cocina. La cocina es toda suya – agregó mordaz.

- Yo le ayudaría con mucho amor – replicó Fabia-. Claro, con previa autorización de usted.

-La tiene, señorita – contestó Leandro, encantado. Tan solo falta el vino blanco que voy a comprar enseguida.

XXVIII

La cena fue todo un éxito y mostró Leandro muchas de sus habilidades. No quiso que ni Virginia ni Victoria lo secundara en ningún momento. Había puesto Fabia la mesa en la terraza siguiendo los consejos de Leandro quien tan solo aceptó la ayuda de la criada.

-¿Y qué le parece, don Leandro, si dispongo el florero de la sala en la mesa?

-Mira Fabia, yo de ti, pondría adornos naturales. Te propongo por ejemplo cortar finas ramitas de buganvillas, una de cada color y disponerlas en el mantel blanco entre cada convidado y, en medio, un florero grande y pongamos iris, de ésas de Florencia que abundan en la rocalla.

- Primero le voy a preguntar a la señorita si me da permiso, que ella cuida mucho de sus flores. Ah, pero no puedo, la siesta estará durmiendo.

-Yo le doy permiso, Fabia. De lo contrario, no se podría sorprender a los invitados. Tiene que haber un poco de fantasía, ¿no te parece?

- ¿Y si me regaña ella?

-Entonces no te preocupes, lo hago yo y asumo toda la responsabilidad. No son más que unos tallos que voy a cortar.

-Si lo dice usted. Porque a mí, se lo digo, no me gusta criticar a nadie, verdad- y agregó en voz baja- claro que la señorita Victoria es bien buena, atenta, amable pero también muy mandona-. Y miró ella alrededor suyo.

- Te voy a confesar algo, Fabia y prométeme no decir nada.

-Claro, que en esas cosas, soy una tumba, don Leandro.

-Ella es así por su edad. La señorita Virginia necesita mostrar autoridad porque es joven, sencillamente.

-¿Cree usted?

-Tal como se lo digo. Ducho soy en la materia, Fabia. Entonces lo que tiene que hacer para que no la riña tanto la señorita es anticipar sus deseos.

-No entiendo.

-Llanamente significa que has de proponerles cosas que la cambien un tanto de la rutina y así, ganarás su consideración. No serás tan solo una criada sino también una confidente, algo parecido. Pero, por supuesto, que nunca te lo dirá ella. No se lo puede permitir. ¿Me entiendes?

Fabia estaba bebiendo sus palabras como un dulce licor. Estaba subyugada por el verbo de y el porte de don Leandro.

-Está bien, don Leandro. Pienso entender pero... sería bueno que me diera un ejemplo.

-Mira, verbigracia cuando vas de compras al mercado, no vas siempre con ella. A veces vas sola, ¿no?

-¡Qué va! Si siempre voy sola. Ella va conmigo porque están ustedes y son muchas cosas que llevar.

-Bueno, no nos perdamos, Fabia. Te decía que... Por ejemplo, tú puedes variar un tanto el menú, puedes comprar algunas cositas diferentes y las guisas a tu manera.

Así la vas a sorprender y reconocerá Victoria tus iniciativas. Habrás cambiado levemente las cosas sin cambiarlas complemente pero dándole otros sabores que desconoce su paladar.

-¡Qué bien habla usted, don Leandro! Me gustaría que se quedara más tiempo. Con usted, la vida parece más fácil, tranquila, alegre.

-Gracias, Fabia, pero basta de cumplidos que mucho trabajo tenemos. Aprovechemos que todavía estén durmiendo la siesta.

La verdad es que se las pasaban divinamente, divirtiéndose los dos. Y no paraba de extrañarle a Fabia que una persona joven de su clase pudiera tener tanta confianza y proximidad con una criada. Era la primera vez que encontraba ella a un señorito tan fino, amable y accesible, nada que ver con los amiguitos de la señorita. Y lejos estaba ella de imaginarse que también tenía Leandro dotes culinarias. Picaba la cebolla y la verdura con una destreza de maestro, dándole forma a cada hortaliza. Limpiaba y preparaba los filetes de merluza con mucha precisión a la vez que empezaba a alistar la salsa besamel. Tenía ojo para todo y vigilaba el fuego constantemente. Y lo que más le llamó la atención a Fabia fue que mante-

nía en la cocina un aseo constante. Seguía Fabia haciendo las cosas a su ritmo pero no paraba de mirarlo sobre todo cuando se trató de predisponer los ingredientes para hacer el postre. Y estaba lejos de imaginarse ella que también sabía don Leandro de pastelería. Se quedó Fabia pasmada.

Acababa de levantarse Virginia y se sentó en el sofá para disfrutar del lindo atardecer. Había bajado el calor y una leve corriente entraba por la vidriera, acariciando las cortinas. Y fueron llegando hacia ella, desde la cocina, ricos olores, sorprendentes conversaciones y divertidos parlamentos hasta carcajadas y ataques de risa que incluso la contagiaron más de una vez. Pero no quiso entrar. Prefirió dejarlos solos y disfrutar de aquellos momentos tan placenteros.

XXIX

Reunidos estaban bajo la pérgola de la terraza Virginia y Leandro. Era como si un aire nuevo flotara por la casa. Vestía Virginia un largo y elegante vestido negro bordado en sus extremidades que armonizaba con el color azabache de sus ojos y los finos aretes de coral que hacían juego con el pasador de concha que usaba para sujetar su lindísimo pelo negro recogido. Así era Virginia, coqueta y refinada y aún más al saber que esa cena marcaba en cierta forma, el fin de ese lindísimo viaje. Acababa de sentarse Leandro, fresco y elegante y estaban esperando a Victoria que tardaba en llegar. Disfrutaban de esos atardeceres tan perfumados y soñolientos en espera del venidero y progresivo frescor del anochecer. Al fin llegó Victoria, esplendorosa. Se levantó de inmediato Leandro y fue hasta la silla que ocuparía para que se sentara ella. Era como si cada quien hubiese decidido por intuición propia celebrar algo. Lucía Victoria un precioso vestido de organza pero blanco y le ceñía la cintura una larga faja roja de dorados ribetes. Su brillante y largo cabello rizado le cubría sus desnudos hombros que rozó Leandro al sentarse ella. Estaba él como fascinado por sus naturales encantos que descubría por vez primera. Ya no le parecía ver en ella a esa joven estudiante, amiga de su hermana sino a una lindísima mujer dotada de un sinfín de hermosuras.

Y trajo Fabia tres copas en una bandeja en la que había dispuesto, al pie de cada una de ellas, racimos de grosellas y unos pámpanos del jardín.

-¡Qué presentación más exquisita, Fabia! –exclamó Victoria.

- Tan solo un poco de fantasía, señorita –contestó ella, mirando a don Leandro.

-Y ¡qué mesa más espléndida! –añadió Victoria -. Es como si estuviéramos en otro lugar.

-Así pienso yo –dijo Virginia, sin saber con certeza quien había adornado con tanto gusto la mesa.

-En Florencia –sugirió Fabia.

-Florencia, por supuesto –asintió Leandro que al inicio no había entendido el gracioso concepto de Fabia.

-Y ¿por qué Florencia? – preguntó Victoria.

-Por los iris, señorita. Los iris de Florencia.

Victoria se sintió tan torpe que se ruborizó y empezó Fabia a servir las copas.

-Me dirán lo que les parece el coctel –preguntó Leandro- Fue idea de Fabia.

-Probemos pues –contestó Victoria.

-¡Hm! -¡Qué delicia!- dijo, maravillada, Virginia.

-¡Qué sabor más exquisito! -repuso Victoria- A la vez seco y afrutado.

-Es tan solo zumo de grosella con vino blanco –contestó Fabia.

-Les propongo, pues, que brindemos por Fabia -y se levantó de la mesa Leandro y regresó de la cocina con una copa que le tendió a Fabia.

- Es usted un tesoro, don Leandro. Pero me temo que si me tomo una copa, voy a ponerme a cantar cuplés.

Todo pasó de maravilla y empezó Victoria a valorar y a apreciar las muchas cualidades de Leandro y entre ellas, su alegría, amabilidad y dulzura, sin mencionar sus dotes de actor cuando de camarero, enólogo y cocinero ejerció a lo largo de la cena, contando con gracia y jovialidad sus experimentos, en particular, culinarios. Virginia lo miraba todo con serenidad y entretenimiento, como la prolongación de ese viaje que nunca olvidaría. Y la guinda sobre el pastel fue cuando trajo a la mesa Leandro crepes a las que echó un líquido y, de inmediato, brotaron llamas amarillas y azules. Todas estaban maravilladas y rompieron en aplausos. Definitivamente, pensó, deslumbrada, Fabia, don Leandro es todo un mago.

XXX

Más tarde, solo quedaron en la terraza Victoria y Leandro y solo se miraba el resplandor movedizo de las llamas de las palmatorias y la luz de luna. Fue un anochecer de ésos que brillan por su intimidad, pudor y reserva. En la cena, se había enterado Victoria de que Gertrudis no vendría a vivir con ella a la capital. Por cortesía, nada había comentado al respecto. Tan solo dijo "qué lástima". Y al darse cuenta de boca de su tía abuela que no solo se había ido ella de su casa sino que además compartía vida y techo con un joven empresario llamado Gabino Serna en Pozolindo, se quedó aún más perpleja y dubitativa. No se sintió para nada afectada y experimentó más bien algo como desinterés hasta cierta frialdad para con Gertrudis. Sus sentimientos hacia ella empezaba a tenerlos más claros pero en ningún momento los pudo expresar por lo mucho que la apreciaba Virginia y por ser hermano de ella, Leandro. Además de indiferencia hacia Ger-

trudis, sentía a la vez cierta molestia, tedio y repleción. Pero le sorprendió que fuese Leandro quien se decidiera a conversar con ella, a solas, de su hermana Gertrudis y en términos poco amenos al igual que cuando le habló él de lo poco que apreciaba al novio de su hermana. Fue para ella como un alivio porque mucho empezaba a apreciar a Leandro y no quería que su futura relación, aunque de amistad fuese, empezara con mentiras y falsedades. El hecho de espontanearse Leandro al hablar tan abiertamente de su hermana, le ayudó a confesarle que Gabino había sido novio suyo y a tomar consciencia de lo bueno y sincero que era Leandro. Y fue descubriendo, esa mismísima noche, que no era tan solo un hombre divertido, parrandero, seductor sino también un hombre asequible, muy cercano a la gente, amante de la vida pero firme y resuelto en sus principios y convicciones. El cariño y el afecto que le mostraba a diario a su tía abuela mucho la emocionó y se dio cuenta también, al constatar la complicidad con Fabia, que ese hombre era muy especial. También le gustó la forma en que le habló a ella de sus padres y hermanos, sin idealización alguna, con un lenguaje sencillo y llano, lejos de cualquier hipocresía y convenciones. En eso, entendió tal vez por primera vez, a lo largo de esa larga, apasionante y apasionada noche que se prolongó hasta el amanecer que tanto él como ella eran muy distintos pero que él le podía ofrecer muchas cosas más y que estaba dispuesta ella a hacer el intento. Con mucha pasión hablaba de su futuro oficio, de su afición a los libros, a los caballos y de sus ganas de vivir que más le impresionaba a ella. Ante él, ella no se sentía tan segura y madura y, muchas veces, perdía el equilibrio, se rompía el hilo de su relato, por ejemplo, al referirse a su futura carrera de abogado. Al conversar con él, no sabía si realmente era lo que deseaba y necesitaba ella, si lo hacía porque era una vocación o porque estaba de moda entre las señoritas de su edad y de su condición. Pero él la escuchaba, pacientemente y se permitía darle algunos consejos insistiendo en el hecho de que en la vida nada es definitivo. Las respuestas de Leandro la desorientaba más que otra cosa porque, a todas luces, tenía ese sentido práctico de la vida que sabía ella no tener. A ella le costaba poner palabras y a veces voces en sus pensamientos pero él, se las traducía o intentaba hacerlo, a su manera, y eso, la confortaba y la fascinaba.

-Con el tiempo -le contestaba sencillo y gentilmente Leandro- con el tiempo lo sabrá. ¿Y por qué hacerse tantas preguntas, Victoria? La vida es sencilla, ¿por qué complicarla? Tan solo es vivirla. Recuerda, lo del toro, del toro bravo.

Y les dieron a los dos un ataque de risa.

-Así es de sencilla la vida. A veces a uno le pasan cosas buenas, malas o extrañas pero la vida sigue su curso y uno siempre es dueño de su propia vida. Lo único, es hacer las cosas con calma sin apresuramiento alguno.

-Supongo que tiene toda la razón, Leandro. Mire, Antonia ya no volverá a vivir conmigo. Ya creo que encontró su vía. Deja la abogacía y pronto se casará con el señor diputado don Plutarco del Carrascal.

- ¿Y piensa que será feliz? -Preguntó Leandro.

-Lo dudo –contestó ella sin vacilar.

-Yo también, lo dudo. -¿Y por qué lo duda usted?

-Porque me da la impresión de que fue un arreglo entre familias. De la noche a la mañana, lo abandona todo y se casa –respondió Victoria.

-Igual pienso yo. –contestó Leandro.

-En algo nos parecemos, ¿no? –le contestó ella con una voz tan diáfana y una mirada tan sublime que por primera vez, sintió Leandro algo que lo desestabilizaba, algo como un dardo que había llegado a su destino. Tan

lejos estaba de él el recuerdo de esa señorita tan altanera y presumida.

-¿Otro copa? –preguntó Victoria, con infinita dulzura- y se levantó ella.

Tan solo seguía Leandro los movimientos de su silueta grácil y de su delicado semblante. Hubo un silencio.

-¿Pasa algo, Leandro? -le preguntó ella, con cariño.

-Tan solo el aleteo de una mariposa –contestó él, algo turbado y azorado.

Callar y otorgar

XXXI

Muy pronto se acostumbró doña Gertrudis a su oficio de contadora en El Manjar de los manjares. En ausencia del señor Antocha, asumió Altamirano la dirección de la ferretería y de la tienda de abarrotes y dejó la parte contable a la prometida de don Gabino cuyo trabajo se encargaba él de supervisar personalmente. De vez en cuando, por razones muy técnicas y cuestiones puntillosas, dejaba que el señor Altamirano la ayudara. Ella se mostró muy paciente, rigurosa y meticulosa. Tan sólo necesitó un par de semanas para entender la buena marcha de la empresa. Incluso por la noche, llevaba a casa libros de cuentas y registros y se ponía a trabajar horas y horas mucho después de la cena. Fue empezando Gabino a verla de otra manera, no tan solo como una joven estudiante ociosa, movida por altas aspiraciones sino como una empleada juiciosa, eficiente y cumplidora. Incluso llegó a reprocharle, a veces, en tono de broma que no lo era tan-

to, su excesiva dedicación a la empresa. En verdad, bien que le gustaba su nuevo oficio, era para ella un modo de olvidar las mentiras, disimulos y prácticas malsanas de su prometido que reprobaba más que todo pero que nunca podría censurar o delatar ante él por haber tomado una decisión inquebrantable. A veces, hubiera preferido doña Gertrudis no escuchar lo que oyó pero lo hecho estaba hecho y no había vuelta atrás. Se iba edificando la empresa con "desfalcos, irregularidades y malversaciones". Eran las palabras precisas e idóneas que se utilizaban en este caso y bien lo recordaba ella apenas salida del Instituto de contabilidad. Y bien entendió ella desde el inicio que tenía que preservarse un espacio de autonomía profesional para que, en ningún momento, se ensuciara su nombre y que no le salpicaran ni los rumores ni las sutilezas empresariales de su futuro marido.

Esa sería su línea de conducta: callar y otorgar. Tal vez, en el fondo, pensaba ella que existía una mínima posibilidad de redimir a su futuro marido con su propio ejemplo o, con el tiempo, dejándole entender ciertas cosas sin que lo tomara como órdenes. Pero no se hacía muchas ilusiones. El tiempo lo diría. En su fuero interno, se había construido una línea divisoria entre por un parte, su relación con su prometido y por otra, su relación con el empresario; aunque supiese que no era más que una ficción, una mera fábula. Pero lo aceptaba y se resignaba. Esa línea divisoria valía tanto para Gabino como para los demás empleados e intentó ponerla en práctica desde el inicio.

Mantuvo ella un voluntario apartamiento con todos los empleados. Tan solo un saludo con la cabeza o un buen día. Ni intentó acercarse o los trabajadores a quienes más veía como Nieves, Jorge o Carmen. Y de todas formas, antes de que llegara ella a la empresa, ya se iba rumoreando mucho acerca de la posible venida de la prometida del jefe. Y nadie se asustó al verla llegar el primer día, el porte altivo, soberbio y harto vanidoso, dirigiéndose a su nueva oficina. A petición del jefe, ya se había reformado una de ellas para darle un toque más femenino. Fueron cundiendo los cuchicheos y secreteos acerca de esa creída, querida del jefe que llegaba justo en el momento oportuno para sustituir al señor Antocha e incluso llegaron las habladillas a los oídos de los mozos de almacén. Y bien a pesar suyo, tuvo Carlos Arturo Palencia que refrenarlas con mucha habilidad debido, en particular, a la presencia de Agustín, para que no entorpecieran sus planes.

Por su parte, el señor Altamirano iba con pies de plomo y más bien se mostraba muy atento y considerado para con ella con la intención de no despertar ninguna sospecha. Todavía no había tenido tiempo de hablar con Antocha. El señor Altamirano era el único con quien tenía Gertrudis trato normal y ameno. Apreciaba ella sus consejos y pedagogía. Pero en las antípodas estaba ella de imaginarse que se encontraba en el centro de la tormenta. Muy feliz estaba el Señor Serna. Había funcionado perfectamente su plan y, además, mostraba su futura esposa una especie de predisposición innata al oficio de contadora que, a todas luces, le apasionaba. Todavía no había llegado el momento de una contratación definitiva que sería el triunfo de don Gabino. Pero en camino iba y muy buena paga tuvo doña Gertrudis.

Al recibir su primer salario, fue como si se le esfumaran todos sus temores y se le olvidaran los escrúpulos, escozores, remordimientos y reconcomios. Se gastó doña Gertrudis la casi totalidad del sueldo en vestimenta nueva, zapatos nuevos, perfumes, lociones y afeites que compró en las tiendas más lujosas de Pozolindo. Doña Gertrudis por allí, doña Gertrudis por allá. Se sentía existir por primera vez y con dinero propio y eso la excitó más de lo previsto. La mera posibilidad de dar una propina, una *gratificación o un estipendio a quien quiera o hacerle un favor a alguien, la tenía en un sublime estado de superioridad y de insigne potestad. Le abrían la puerta al entrar y, al salir los brazos cargados, la acompañaban hasta el umbral o bien llamaban a un mozo para que la condujeran hasta su casa. La única en dejar la puerta cerrada al llegar ella, era Nuria, la impertinente Nuria.*

Nuria la criada y muy mal criada según doña Gertrudis, la miraba a ella como una señorita dispendiosa, pretenciosa y sin ningún interés ni clase. Una especie de patana advenediza, una vulgar y presuntuosa ricacha que todavía tenía pluma y paja en sus abarcas. Mil veces prefería Nuria la sencilla hermosura y delicada simplicidad de Nelly a la soberbia de esa harpía. Logró Nuria permanecer en esa casa tan solo por Gabino que conse-guía templar los ardores y arranques de su futura esposa que no aguantaba ni en pintura a esa lengua de víbora, como la llamaba ella a Nuria. Varias veces estuvo a punto de ser despedida Nuria pero cada vez, interfirió Gabino a su favor pidiendo a su futura esposa paciencia y clemencia hacia una joven que muchas cualidades tenía y que no sabía apreciar Gertrudis a su justa medida. Pensó un tiempo Gertrudis que había sido Nuria amante de Gabino por recibir un trato tan preferencial. Pero el verda-

dero motivo de Gabino, él por el que no cedía ante las embestidas de Gertrudis era otro. No quería separarse de Nuria por tener que aguantar una intranquila y agotadora sucesión de criadas que hubiera envenenado la paz y armonía conyugal y alimentado los chismes callejeros.

De tal forma que se quedó Nuria en casa y Gertrudis en la empresa, incluso tras el regresar del señor Antocha en su seno después de haber usado Gabino extraordinarias habilidades para que aceptara su padre.

XXXII

Llegó Altamirano a casa de Antocha al atardecer. Estuvo preocupado en todo el camino por la noticia que tenía que anunciarle. No sabía cómo lo tomaría él pero lo que más le inquietaba era que desde que CAP había vaciado el costal, por mucho que diera vueltas al asunto, no conseguía entender el por qué de las cosas. Demasiadas preguntas quedaban pendientes. Tal vez tendría Antocha la respuesta o, al menos, el inicio de una respuesta.

Al abrir la puerta su esposa Margarita, Altamirano se asustó al ver a su colega Antocha, de bata vestido, el pelo desgreñado, sin afeitar, sentado en un sillón de la sala, la pierna recta y enyesada encima de un taburete y, a su lado, las muletas. Siempre lo había visto de traje y elegante y no pudo retener una leve sonrisa. Quiso levantarse Antocha pero no pudo.

-Ya ves –dijo Antocha con señas de fatalidad en el semblante - en qué estado estoy.

-No te muevas, Antocha. Quédate sentado. Yo me voy a sentar a tu lado.

Y le acercó Margarita una silla.

-Siempre le repito lo mismo –dijo ella, los ojos al cielo-pero es terco como una mula. Quisiera caminar ya cuando todavía no le han quitado el yeso.

La miró Antocha dando profundos suspiros de enervación e irritación.

-¿Y por qué no vas a traerle al señor Antocha una copita? – le dijo a su esposa con un sonrisa fingida- y me traes una para mí.

Dio suspiros su esposa y se fue a la cocina.

-¡Qué alegría verte! –dijo Antocha.

- Igualmente Julio. Todos te echamos de menos. ¿Y qué te dijo el médico?

-¡Ah! ¡No me digas, Altamirano! Estoy está la gorra. Parece que he de esperar un par de semanas más antes de que me quiten el yeso y después… habrá que esperar *quién sabe cuánto tiempo para que vuelva a caminar normalmente.*

- Y puede ser que necesites unas sesiones de reeducación.

-¡Ah! No me asustes, que ya estoy que no aguanto.

-Ya se lo dije – dijo Margarita al llevar las dos copas de vino. El señor Antocha cree que tiene veinte años y que no necesita reeducación. ¿Qué le parece señor Altamirano?

-Usted tiene toda la razón, señora –replicó Altamirano, guiñándole discretamente el ojo a Antocha.

-Bueno, les dejo, me imagino que tienen muchas cosas que decirse. Si me necesitas, llámame que estaré en el jardín.

-Por supuesto, querida –contestó Antocha con nervios como si ya no aguantara oír la voz de su esposa.

-Veo que te las pasas bien, que mucho te mima ella.

-Deja de tonterías, Altamirano. Que son recriminaciones constantes. No hagas esto. No te muevas que lo hago yo. Deja que te voy a ayudar. No camines sin muletas. Si no te gustan, agarra el bastón pero que no es lo mismo, te lo

digo yo. Ten cuidado. ¡Ah Dios mío! No sabes cuánto echo de menos la oficina.

Y empezó a toser Altamirano.

-¿Algún resfrío?

-No nada, tan solo un estornudo.

-¿Y tú? ¿Qué tal? ¿Todo bien la familia?

-Todos están bien.

-Me alegro. ¿Qué te parece el vinito?

-Excelente.

-Es producción de mi cuñado. Tiene un viñedo en las afueras, no tan grande pero lo suficiente para consumo propio. Y cuando hay buena cosecha, vende el excedente.

-Está rico, muy rico.

- Te daré unas cuantas botellas antes de que te vayas.

-Gracias Antocha. Muy amable.

XXXIII

Miró Altamirano alrededor suyo como para asegurarse de que nadie oyera la conversación.

-Te noto algo preocupado, Altamirano.

-Bueno, hay con qué estarlo.

-¿Qué me estás diciendo? ¿Algún lío en la empresa?

-Un lío maestro, Antocha –contestó Altamirano en tono serio y grave.

-Te voy a pedir un favor, que cierres la puerta de la sala. Así estaremos más tranquilos para conversar –murmuró Antocha-. A ver, cuéntame. ¿Ha vuelto a hacer de las suyas el señor Serna?

-De cierta forma, sí.

-No andes con rodeos, Altamirano, que empiezo a preocuparme. Al grano. Conmigo puedes contar.

-El problema, Antocha, es que te concierne a ti en persona y por eso estoy aquí, para que nada se filtre y que lo sepas de viva voz.

-Lo sabía. Lo intuía. Ninguna confianza tengo yo en ese Gabino Serna. Ya entiendo. Es que me van a correr. Lo sentía. Hace días que estaba con eso y no se me quitaba de la cabeza. Aprovecharán la convalecencia mía para despedirme. ¡Qué malditos son!

No contestó Altamirano.

-¿No es eso? – preguntó Antocha aún más angustiado por el silencio de su colega.

-Peor de lo que puedas imaginarte.

-¡Ah! ¡Dios mío! que me vas a matar. Dime las cosas de una vez para siempre. Que no estoy para bromas.

- Bueno. Ya te lo voy a decir – dijo Altamirano en tono algo solemne –y, por favor, no te asustes. Luego hablaremos.

Estaba Antocha pálido y sentía pruritos y punzadas que le recorrían la pierna. Pero se quedó estoico, esperando la respuesta de Altamirano.

-El tropezón tuyo fue premeditado.

Estaba petrificado Antocha y le temblaban los labios.

-Pagaron a alguien para que te golpearan. Y sabemos quién es.

-¿Por qué dices "sabemos"? –contestó, preocupadísimo, Antocha cuya mano crispada asía con fuerza el pomo del bastón.

-Carlos Arturo Palencia me lo contó todo. Es un buen chico. Está aterrado por lo que pasó y desde que se enteró del asunto, buscó como contactarse conmigo.

-¿Y quién fue ese maldito que me quebró la pierna?

- Fueron unos matones que actuaron por cuenta de Agustín.

-¿Agustín? ¿El mozo de almacén? ¿Estás seguro?

-Agustín es el brazo derecho de don Gabino – me lo confirmó CAP con todo lujo de detalles.

Y dio Antocha un bastonazo en el suelo.

-Son unos sinvergüenzas, unos cínicos, unos criminales, unos matarifes. ¡Qué barbaridad! No me pasa. ¿Cómo pudieron atreverse? A lo mejor quisieron matarme. Voy a llamar a la policía. Así le tratan a uno por…

Se quedó en suspenso Antocha y añadió:

-¿Y por qué me estropearon?

-Ahí está la clave, Antocha. Ni yo mismo lo sé. Pero… de todas formas, no creo que hayan querido matarte tan solo alejarte de la empresa.

-Me tranquilizas, Altamirano- dijo frunciendo el ceño Antocha. ¿Y con qué fines? – preguntó excedido Antocha.

-¿Sabes quién ocupa tu lugar?

-No, no lo sé.

- Doña Gertrudis.

-¿Doña Gertrudis? –contestó con ojos de plato Antocha. Doña Gertrudis, la prometida del señor Serna.

-Como tú dices. La prometida de don Gabino.

Hubo un silencio que pareció una eternidad.

-No me parece que llamar a la policía sea buena idea –dijo Altamirano-. Por el momento, digo yo.

-¿Por qué lo dices? Si sabemos quienes fueron.

-El problema, Antocha, es que no hay ninguna prueba. Hay que esperar más tiempo. Por el momento, solo contamos con la perspicacia y la astucia de CAP para ayudarnos.

-¿Y no te parece suficiente con lo que esos asesinos me hicieron?

-Yo te entiendo, Antocha y comprendo tu cólera e indignación. Pero te lo repito, por el momento, solo es esperar y estar ojo al Cristo. Recuerda que no es la primera vez que pasan cosas raras con el señor Serna. E incluso, recuerdas, pensamos que nos habíamos equivocado con lo de Bellota.

-Y si llamáramos a su padre, a don Pedro. Tú sabes que lo conozco muy bien.

-No sé Antocha. No lo sé. Todavía no tenemos suficientes elementos. Hay que esperar.

-Como tú digas. Pero ahora ya no me siento tranquilo.

-Te entiendo. Pero tenía que decirte la verdad por muy preocupante que fuera.

-Has hecho bien, Altamirano. Pero sigo sin entender el por qué de las cosas. Llegar a tales extremos me parece fuera de toda lógica.

-Comparto tu punto de vista. Yo tampoco entiendo. Lo único que sé, es que después de tu accidente, de inmediato te sustituyó Doña Gertrudis. Y además, ella no ocupa exactamente tu puesto. Por el momento, yo me encargo de la supervisión del puesto tuyo y sigo con lo mío, con lo de siempre.

- ¿Y cómo se porta ella?

-Conmigo muy amable y además trabaja bien, pone mucho empeño en el oficio. Pero lo que me preocupa es que ahora la contabilidad pasó bajo la responsabilidad de ella y, por supuesto, del señor Serna. Me dijeron que era algo provisorio mientras estuvieras recuperándote pero tengo dudas, muchas dudas.

- Tienes toda la razón. Todo eso es muy preocupante. ¿Y la cifra de negocio?

-Que yo sepa, hasta ahora, de maravilla, con un crecimiento de lo más satisfactorio.

- ¿Qué piensas de todo ello, Altamirano? Qué yo, después de lo que acabas de decirme, ando un poco despistado.

-Mira, Antocha. Lo he pensado miles de veces y yo creo que hay gato encerrado. El señor Serna no es su padre, no tiene nada que ver con él y tú lo sabes muy bien. Además, don Gabino actúa de forma solapada, tortuosa, disimulada, muchas cosas nos esconde. Ahora estoy convencido de que el negocio no es trigo limpio y sus métodos, ni hablar. Yo olfateo que la llegada de su prometida tiene que ver no con sus capacidades que sin embargo son reales y comprobadas sino con el control de las finanzas y de las cuentas.

-¿Y qué vamos a hacer? – preguntó, angustiado, Antocha.

-Esperar que vuelvas tú. Y luego actuaremos en función de lo que decida el Señorito. Así tendremos las cosas más claras y siempre existen márgenes de maniobra y las ampliaremos en caso de necesidad. Tampoco somos niños, Antocha y no hay que dejarse amedrentar, no hay que tenerle miedo a ese señorito. Tanto tú como yo tenemos ex-

periencia empresarial y sabremos qué hacer en el debido momento, suficientes elementos tendremos ya.

En eso llegó Margarita con una cesta de puerros y zanahorias del huerto y tomó fin la conversación o mejor dicho el argumento de la plática. Poco tiempo después, se fue Altamirano con dos botellas de vino y tras despedirse de Margarita, le deseó a su colega una pronta recuperación y reintegración a la empresa.

XXXIV

No necesitó Antocha reeducación alguna o fue, al menos, lo que le contó a Altamirano. A las tres semanas estaba ya en el Manjar de los manjares y tan solo había conservado de su accidente el bastón que no dejaba en ningún momento. Casi no cojeaba. Tan solo caminaba paso a paso. Nunca supieron a ciencia cierta lo que le había dicho don Gabino a su padre pero el hecho es que no solo al señor Antocha no lo despidieron, sino que recibió las marcas de simpatía del jefe y fue contratada doña Gertrudis en la empresa. Y tal como lo habían pensado Altamirano y Antocha, ella pasó a encargarse exclusivamente del departamento Finanzas y contabilidad, tal como rezaba el nuevo rótulo de la puerta de su despacho.

En verdad, no le fue tan difícil a Gabino convencer a su padre de la necesidad de emplear a Gertrudis. En primer lugar, para mostrar que no era solo voluntad suya, le pi-

dió a Altamirano que redactara una carta en la que dijera con franqueza y honestidad su opinión acerca de la empleada Gertrudis Monilla que había sustituido por tanto tiempo al Señor Antocha mientras estaba de baja. Luego, unas semanas después de regresar de su convalecencia, le pidió lo mismo a Antocha. Entretanto, había hecho Gabino que trabajaran juntos doña Gertrudis y Antocha sobre asuntos que él mismo había escogido como agenda prioritaria. De tal suerte que don Pedro tuvo dos avales de muchísimo peso. Luego envió a su padre una voluminosa memoria que había hecho redactar por un bufete de abogados y que certificaba las cuentas del Manjar de los Manjares. Además, dichas cuentas ponían de realce el crecimiento sin par de las ventas y los cuantiosos dividendos generados por los dos ramos de actividad. Tanto la tienda de abarrotes como la ferretería acusaban pingües beneficios. Y también realzaba el expediente la imprescindible labor del sector comercial y mercadeo sin el que, se suponía, no hubiera aumentado tanto la cifra de negocios. Y para terminar de convencer a su padre de la necesidad de reclutar a Gertrudis, utilizó Gabino palabras muy suyas. Primero que era su prometida y pronto su esposa y que, de esa forma, las cosas quedarían en familia y que en caso de mínima discrepancia con ella, él podría fiscalizarla, reprenderla y recrimi-

narla si fuese necesario. Nada más fácil y así, en caso de problema, nadie estaría al tanto de nada. Las cosas se quedarían entre las cuatro paredes del domicilio conyugal. Y retomó una de las divisas de su padre: la discreción en el negocio es tan imprescindible como el cálculo mental. Por añadidura, pulió con mucho esmero el último argumento que sabía podría convencer a su padre. En vista de que la empresa iba prosperando a un ritmo acelerado, era imprescindible la creación de un puesto de Contador a tiempo completo para evitar cualquier traspié financiero. La claridad y la transparencia eran, según explicó don Gabino a su padre, otro pilar fundamental de la Empresa.

El paquete que recibió por correo don Pedro tuvo un impacto inmediato. ¿Serían los efectos del mercadeo al que no estaba totalmente acostumbrado don Pedro? Puede ser. Pero ni leyó don Pedro el abultado expediente. Lo hojeó vagamente. Chapado a la antigua era don Pedro y si bien no era reacio a las nuevas técnicas, le bastaron las dos cartas de Antocha y Altamirano para acceder a la petición de su hijo. Puede ser también que haya influido en su decisión la edad y, por supuesto, el dulce recuerdo de su futura nuera y la posibilidad de ver, en un futu-

ro cercano, a su primer nieto jugando en el patio de la casa paternal.

XXXV

El mismo día en que recibió don Gabino la carta de su padre, recibió doña Gertrudis la carta de los suyos y una carta de doña Virginia, de regreso de la Corte, en la que le transmitía otra, la de la participación de boda de la Señorita Antonia Huesca de Teruel y del Sr. Alcalde Diputado Plutarco del Carrascal.

Al reconocer en el dorso del sobre la caligrafía de su padre, se encerró Don Gabino en su despacho, algo tenso y nervioso. Y se asustó al constatar que llegó la carta a la empresa y no a casa. Lo tomó como una advertencia, como una señal de mal agüero. Y empezó a vacilar, a dudar de sí mismo. La dejó en el escritorio y empezó a caminar de arriba para abajo hasta pararse frente a la ventana, contemplando lo azulísimo del cielo de las once de la mañana. Se quedó así un largo momento, pensativo y la mirada ida. No quería pensar en una mala noticia, en un *tajante y rotundo rechazo de su padre. ¿Qué sería de él? ¿Tuviera que inventar otra mentira, volver con los engaños? No, lo mejor era coger al toro por los cuernos y afrontar la realidad, sea cual fuese. Regresó al escritorio y se sentó. Abrió una gaveta, sacó la botella de brandy pero de inmediato, la volvió a poner. Y decidido, agarró el cortapapel y abrió el sobre, aún temeroso de la respuesta. Hojeó la carta. Temblaban sus manos. Y cuál fue su gran alivio y contento al constatar que su padre había aceptado sin ninguna reserva su propuesta. Y la volvió a leer, una vez, dos veces, detenidamente, saboreando cada palabra, cada línea, cada párrafo de la carta. Ya no había ninguna duda posible. Formaba parte Gertrudis de la empresa. Ya sus planes habían funcionado a la perfección. Había triunfado don Gabino. Y era un triunfo total. Quiso anunciarle de inmediato la nueva a su futura esposa pero prefirió guardar el secreto y desvelarlo por la noche, en casa, con champan y caviar. Al fin, el mundo era suyo y ese día no fue más que un embriagador suspiro en que, de verdad, pensó Gabino tener alas.*

Al llegar a casa con botellas y una pirámide de cajas con sello de una de las más selectas tiendas gourmet, encontró a su prometida sentada en el sofá, la mirada vidriosa, rojiza y ahuecada, con lágrimas en los ojos. No dijo nada y se dirigió a la cocina donde dejó los paquetes y donde se encontraba en una de las cómodas, la invitación para asistir a la boda de Antonia Huesca de Teruel y del Sr. Alcalde Diputado Plutarco del Carrascal. Se puso perplejo, hasta preocupado, sin entender en absoluto lo que estaba pensando. ¿Podía la participación de boda tener algo que ver con el pésimo estado de su esposa? ¿No entendía nada? Lo mejor era hacerle la pregunta a ella. Tal vez lloraba de contenta. ¿No era Antonia una de sus mejores amigas? Y pronto se casaba. Quizás tenía un bajón Gertrudis y pensó Gabino que tal vez había llegado el momento de celebrar su propia boda. Y con la buenísima noticia que traía, se pondría felicísima Gertrudis. Y se fue acercando Gabino a ella, muy tierno y cariñoso y se sentó a la par de ella, seguro de que todo no era más que una tormenta pasajera. ¿Acaso no era él el sol que venía a iluminar su vida?

XXXVI

Salió del Manjar Gertrudis y se fue directamente a casa si bien tenía ganas de ir de paseo por lo agradable y fresco del atardecer. Pero no, se sentía cansada y tenía que terminar la lectura del libro de cuentas del mes pasado para luego entregar sus conclusiones a Gabino. Abrió maquinalmente el buzón del corredor y vio varios sobres y uno en el que reconoció de inmediato la escritura de su madre. Se le había olvidado por completo. Y se rememoró la carta que les había mandado hacía tiempo. Subió las escaleras, algo preocupada y mientras más se acercaba al piso, más le faltaba el aire. Al llegar a casa, se preparó una limonada y se sentó, angustiada, en el sofá. Se sirvió un vaso y abrió la carta.

Querida hija,

Tiempo tenemos de no saber nada de ti después de tu última carta que, para nosotros, fue como una puñalada. He dejado pasar el tiempo para que se cierre la inmensa herida que dejaste en nuestros corazones. Pero desgraciadamente, no sirvió para nada.

Yo he tomado la decisión de escribirte y sabes que no me gusta hacerlo pero tu padre ya no quiere saber nada de ti. Te ha borrado de su memoria. Intenté templar su cólera pero fue inútil. Y bien conoces a tu padre. Eras tú su niña mimada a veces consentida por ser la última y además mujer y él se siente ahora defraudado y traicionado por tu conducta inmoral.

En eso, comparto yo su punto de vista.

Me cuesta decirte que eres una señorita indecente, deshonesta e impúdica. ¿Cómo te atreviste a irte de casa de doña Virginia sin consultar con nosotros? ¿Cómo te atreviste a mentirle a ella diciéndole que tenías nuestro visto bueno? ¿Cómo te atreviste a vivir, siendo señorita, a casa de un señorito soltero y además, sin pedirnos permiso? ¿Pensaste tal vez que alabando las dotes morales y profesionales de ese señorito, entenderíamos nosotros tu actitud?

¿Pero qué conducta es ésa, la de tu querido? No es más que un hombre vulgar, indecoroso, obsceno. Por mucho dinero que tenga, no tiene ni la mínima educación, ni él ni su padre, quién aceptó que vivieran juntos sin que ni siquiera se hubiesen comprometido.

Tu comportamiento al igual que él de tu querido es insufrible y vejatorio. Ni una solo vez has pensado en nosotros, en las consecuencias de tus actos.

Y lamento decirte que tu querido, que de larga data conozco, no es más que un calavera, licencioso, vicioso, de costumbres relajadas. ¿No ves que te utiliza, que se vale de ti? ¿Crees tú que te da casa, dinero y tal vez empleo así por así? ¿Y qué irá pidiéndote a cambio? ¿Lo has pensado una sola vez?

Eres ingenua, cándida, inmadura, hija mía, y hasta pueril e infantil. No sabes nada de la vida ni de los hombres y te echas en brazos del primero en llegar porque te promete la luna.

¿Por eso te pagamos tu padre y yo durante tantos años estudios, comida y alojamiento! ¡Qué vergüenza, Gertrudis! ¡Qué asco nos da a tu padre y a mí! Tantos sacrificios para que termines siendo la querida de un sinvergüenza jactancioso que si fortuna tiene, es la de su padre

y puede ser que un buen día, tal vez mañana, una vez satisfechas sus ambiciones, te deje tirada como un zapato viejo.

No quería escribirte, hija, pero tuve que hacerlo al hablar hace muy poco con tu hermano Leandro a quien viste por casualidad en casa de doña Virginia. Nos confirmó Leandro, muy a pesar suyo, tus incesantes mentiras y tus impetuosos arranques. Y le agradezco su franqueza y lealtad. Sabes que está muy dolido tu hermano por tu indecorosa actitud y no piensa perdonarte al igual que nosotros. Nunca te educamos de esa manera, hija. Todavía es tiempo que rectifiques y que enmiendes tus errores. Que dios te oiga, te aconseje e ilumine tu camino.

Por decencia, todavía no hemos dicho nada al resto de la familia. Pero tarde o temprano, todo se sabrá... Y me temo lo peor.

Has agarrado muy mal camino, hija mía, y antes de que sea demasiado tarde, te suplico, te lo ruega tu madre, que vuelvas a considerar tus decisiones. Nada es definitivo en la vida.

Eres muy joven, tienes el futuro por delante. Cada quien comete errores. Y no hay mal que por bien no venga. Ten fe en lo que dice la madre que te pario y te crió.

Me despido de ti, hija mía, convencida de que sabrás ver en tu alma, los desperfectos que te llevaron a actuar de esa forma.

Eugenia, tu madre.

XXXVII

Hubo un largo silencio, de ésos que parecen sin fin. Acababa de leer Gabino la carta de Eugenia y Gertrudis miraba que ya se estaba derrumbando el mundo alrededor suyo.

-Bueno – le dijo Gabino con mucha calma y serenidad- yo no veo por qué preocuparse tanto. La verdad es que subestimamos la reacción de tus padres. Eso es obvio. Solo hace falta limar las asperezas.

No contestaba Gertrudis. Sollozaba. Estaba inmersa en sus cavilaciones y penas. Sin lugar a dudas, estaba muy herida. Nunca hubiera esperado semejante respuesta que fue para ella como un latigazo.

-¿Me oyes, cielo? -Y le dio un beso-. Te prometo que vamos a salir de ese mal paso. Tan solo es mostrarles a tus padres que nos queremos, que nos amamos y nada mejor *que decirles que vamos a normalizar nuestra relación, casándonos.*

-Tan sencillo no lo es, Gabino –dijo ella con voz sollozante y quejumbrosa-. Mi padre me odia. No quiere saber nada de mí. Y mi madre está desesperada, desilusionada conmigo y muy herida. Todo por culpa mía.

-Por culpa nuestra, querida. Por culpa nuestra.

-Me siento vacía, perdida, inútil. No valgo nada. Soy una estúpida, caprichosa y vanidosa.

-No digas eso. Tanto yo como tú hemos errado. Y tenemos que rectificar.

-Pero me odian, no lo entiendes.

-A mí también me odian pero es algo pasajero y llevadero. Ni me conocen. Ni han visto lo feliz que estamos. Piensan que lo nuestro no es más que un capricho, que yo te utilizo como si fueras tú una cualquiera.

Ella se puso pálida, sin decir ni oxte ni moxte.

-No te pongas triste. Una buena noticia te traigo.

-No estoy para sorpresas, Gabino, suficientes he tenido hoy.

Y le tendió Gabino la carta de su padre.

-¿Qué es? –preguntó ella, desganada.

-Una carta de mi padre –contestó él.

-La leeré más tarde si no te molesta.

-Bueno, como quieras. Solo quiero decirte que te amo y que mi padre aceptó.

-No entiendo, Gabino.

-Aceptó que trabajaras en El Manjar. Ya formas parte de la empresa, Gertrudis, no como reemplazante sino con puesto fijo. Eso dice la carta.

-Al menos, -sonrió ella –hay padres que entienden a su hijo.

-No seas cruel. Piensa en el futuro. El tuyo lo tienes asegurado en la familia y ahora en la empresa. ¿Qué más quieres? ¿No te alegra la noticia?

-Por supuesto. Me siento contenta, muy contenta pero entiende que me afecte muchísimo la carta de mi madre.

-Lo entiendo. Lo entiendo muy bien. Pero te digo una cosa. No lo tomes tan a pecho. Y te lo repito, no es nada

del otro mudo. Solo es formalizar nuestra relación. Ves que en ese aspecto, mi padre es más liberal que los tuyos.

-Lo sé. Pero yo no he parado de mentirles y pienso que, en el fondo, es lo que más les duele.

- Y tienen razón. Nos hemos portado mal con ellos, como niños. Tenemos que ir a visitarlos para arreglar de una vez para siempre ese trance. Y nos disculparemos. ¿Estás de acuerdo?

-No lo veo tan sencillo.

-¿Pero estás de acuerdo conmigo en que tengamos que disculparnos?

-Viéndolo así, tienes toda la razón y puede ser que, algún día, acepten nuestra unión.

-Ya ves, no hay que ponerse tan amargada y afligida. Cuando surge un problema, siempre surge una solución.

-Que también puede resultar errada.

- Pensando así, vas a deprimir, querida. Y eso, no es nada bueno, ni para ti ni para mí.

Se levantó Gabino y regresó con canapés, caviar y champan.

-Vamos a celebrar tu incorporación en la plantilla. Y no te quiero ver triste. Es tu primer empleo y te lo digo, todos en el Manjar, se sienten muy orgullosos de tu trabajo. Te lo mereces, créeme. Y a lo que veo, otra boda se prepara, la de tu amiga Antonia, ¿no será motivo de alegría?

-Recibí la participación de boda hoy mismo junto con la carta de mi madre. Nos invitan. No me lo esperaba. Todo fue tan rápido.

-¿Iremos? – preguntó Gabino.

-Por supuesto que iremos –contestó ella, sonriente.

-Y pronto será la nuestra –añadió Gabino al abrir la botella de champan.

No pudo la carta de los padres de Gertrudis cambiar el rumbo de la insaciable sed de victorias de Gertrudis y Gabino. Ya estaba sellado el destino. Se casarían a lo grande con o sin ellos. Y en ese preciso momento, no supo discernir Gertrudis en los ojos de Gabino si era él ángel o demonio.

XXXVIII

Faltaba un cuarto de hora para las doce. La luz de luna iluminaba el desolado muelle del Río menor donde se alineaban los hangares, depósitos y almacenes así como las famosas fábricas pañeras de Pozolindo. Tan solo se oían, de vez en cuando, los silbatos de los celadores del puerto fluvial que rompían el silencio de la noche. Rei-naba una calma que mucho contrastaba con la actividad diurna de ese pequeño puerto y con la algarabía de los merenderos y chiringuitos del Río mayor cuyas lucecitas alumbraban las lejanas riberas tales como el centelleo de unas guirnaldas. Desde el muelle, se oían el murmullo de las tumultuosas aguas, de las embarcaciones sacudidas por el oleaje así como el chirrido de las drizas golpeando los mástiles.

Desde hacía una hora, estaba Carlos Arturo Palencia observando la descarga de mercancías de varios coches parqueados ante el hangar del Manjar de los manjares. Al lado suyo, estaba tendido en el césped, detrás de unos apilados cajones de madera, Paco, un muy amigo suyo. Ambos no perdían de vista los vaivenes de los seis hombres y entre ellos, Agustín. No hablaban, tan solo intercambiaban gestos y señas para no despertar la menor sospecha.

Conocía CAP la existencia del hangar y tras la paliza que le dieron a Antocha, decidió Carlos Arturo ir los fines de semana por el muelle para conocer su ubicación exacta y familiarizarse con el lugar. Luego, no fue tan difícil. Se reunió con unos amigos suyos y se repartieron las labores. Tan solo era esperar el momento en que iría Agustín al muelle y avisar a CAP. Sabía éste que las entregas se hacían o bien los fines de semana o por la noche, únicos momentos en que Agustín estaba fuera del Manjar. Al enterarse de la noticia, estaba CAP en casa. Ya habían cenado y estaba ayudando a su padre a empacar unas hojas de esparto. Se propuso Paco ayudarles para ir más rápido y en media hora habían terminado la faena. Luego le pidió permiso Carlos Arturo a su padre para que fuera a dormir a casa de Paco, cuya familia eran grandes amigos de los Palencia. Aceptó sin rechistar el padre con tal que no llegara con retraso CAP al traba-

jo. Una vez dormidos los padres de Paco, ambos se salieron a hurtadillas por la ventana del cuarto en dirección al muelle, una mochila al hombro.

Muy buen chico era Paco, avispado y listo como qué y con apenas más edad que Carlos Arturo. Trabajaba en un taller de muebles y eran inseparables amigos de infancia. El se las arreglaba para conseguir tabaco y ambos fumaban a escondidas. Mientras estaban vigilando a los hombres del hangar, se lió un pitillo Paco. Y cuando estaba a punto de encenderlo, se dio cuenta CAP y lo dirigió una mirada asesina como para decirle pero estás loco de remate, hombre, nos va a delatar la luz del cigarrillo. Se puso a reír Paco como si no se diera cuenta del peligro y se quedó con el cigarrillo sin encender en la boca. De repente, se oyó un portazo metálico y se apagaron las luces. Ya habían terminado los hombres de descargar las mercancías. Y tras charlar brevemente los unos con los otros, Agustín le dio a cada uno un sobre y una palmadita en el hombro. Luego desaparecieron los coches en la oscuridad. Ya había llegado el momento. Esperaron en silencio CAP y Paco, y se fueron incorporándose, sacudiéndose el polvo y aguzando los sentidos. Empezaron a caminar sigilosamente hasta el cerco de madera y se treparon por encima hasta dejarse caer al otro lado de las barreras. Luego caminaron a lo largo de la cerca y llegaron a la parte trasera del almacén donde nadie les podía ver ni molestar. Abrió Paco la mochila y sacó de ella una sierra metálica y una linterna. Mientras estaba serrando Paco el grueso candado, estaba al quite Carlos Arturo. Varias veces tuvo que pararse Paco al oírse ruido en las afueras. Y finalmente, cedió el candado. Ambos se colaron por la puerta trasera.

El hangar era inmenso, lleno de cajas sin abrir y de mercancías de toda clase muy bien ordenadas. Las tres terceras partes las ocupaban herramientas, máquinas y artículos de ferretería. Y el tercio restante, eran cajas de productos alimenticios de lujo, también de vino que de-bían de ser de grandes casas extranjeras así como una tremenda cantidad de jamones serranos envueltos en paños y colgados de las vigas. Tanto Carlos Arturo como Paco estaban pasmados ante tantas cosas ricas amontonadas. "Es la cueva de Alí Babá", le dijo susurrando Paco a CAP, maravillado. "¡Chis!" -le contestó CAP. Se encogió de hombros Paco y puso la linterna debajo de su cabeza haciendo muecas de espanto. !Pero estás chiflado o qué?"-murmuró, encolerizado CAP. "Aquí no estamos para jugar. Deja de payasadas y céntrate en lo que estás haces. Por culpa tuya nos puede pillar.

La verdad es que no sabía Paco el motivo de tal misteriosa intrusión nocturna, tan solo le había dicho CAP que necesitaba que le echara una mano, que quería averiguar unas cosas de suma importancia en cierto lugar de difícil acceso y que de ellas, dependía la vida de uno de sus colegas. Era cuestión de vida o muerte, le había dicho muy en serio CAP. Lo de vida o muerte, se lo había tomado Paco con risa, como una fórmula ritual sacada de una novela de aventura. Pero a él le gustaban las novelas de aventura, además cuando la trama la escribía el propio CAP y, sobre todo, cuando la interpretaban ellos mismos en carne y hueso. Uno nunca se aburría con Carlos Arturo. Siempre había acciones, peripecias, golpes repentinos y carreras a todo correr para escapar de algún peligro. Pero esa vez, las cosas parecían más tranquilas que de costumbre como una balsa de aceite –pensaba entre sí Paco- caminando paso a paso por entre las cajas de mercancía. Y se puso a pensar que antes de que salieran del almacén, bien podría tomar prestada una de esas botellas de vino con lindísimas caligrafías y estampas caballerescas a cambio del grandísimo favor que le había hecho a CAP.

-Ya llegamos – le dijo Carlos Arturo en voz muy baja. Ahí está la oficina y no te pierdas.

XXXIX

Fue Paco el que abrió la puerta de la oficina. Por no ser zurdo y por tener mucha mano izquierda. Entraron los dos con pasos quedos y puso Carlos Arturo la linterna encima del escritorio. Y cuando estaban a punto de abrir las gavetas, se oyó el ruido metálico y estridente de una palanca que de inmediato iluminó el hangar de par en par. Apenas tuvieron el tiempo de agacharse debajo del escritorio cuando enseguida oyeron un vozarrón y la activación de un cargador.

-¡Alto! No se muevan y salgan despacito o los mato -ordenó un hombre uniformado.

Los dos estaban paralizados y se sabían atrapados.

-Sálganse. Sálganse de inmediato y manos arriba -repitió el celador en tono amenazante- Les dejo unos minutos para salir o los saco a balazos.

-¿Qué hacemos, Carlos Arturo? – le preguntó Paco en voz bajísima.

-Espera. Solo es entretenerle un rato para que me dé tiempo de revisar las gavetas.

Entendió de inmediato Paco y se levantó las manos arriba, plantándose delante del escritorio.

-Está bien, muchacho. Parece que has entendido.

- No me mate, señor, se lo ruego. No me mate. Solo quería darle de comer a mi familia- Y empezó a sollozar. No me mate. No me mate, señor. Por favor. No quiero morir. –Y empezaron a salirle las lágrimas.

-Deja tus bobadas para otros, ratero, y sal de la oficina –replicó el hombre en tono persuasivo.

Ni podía percibir Paco la silueta del hombre por la intensidad del foco que dirigía hacia él.

-Prométame señor, prométame que no me va a matar, se lo suplico – gritó Paco con voz desgarradora.

-¿Quién te crees, cabrón? Vienes a robar y todavía pides clemencia. ¡Sal de acá o te mato en seguida!

-No quiero morir. No quiero morir –aulló Paco-. Ni me dio tiempo de robar nada, señor, se lo juro, se lo aseguro, por mi madre.

-Como quieres que te crea, canalla. ¿Y qué estabas haciendo en la oficina? ¿Me tomas por un tonto o qué! ¡Sal de aquí o disparo!

-Estaba buscando dinero, señor. Soy pobre, señor, muy pobre. Necesito dinero para mi familia. Tenga piedad de mí.

-Te vas a callar, golfo. Ya se me acabó la paciencia.

Y se puso el hombre a unos pasos de la puerta, encañonándolo.

-Ya me salgo, señor, ya me salgo. No cometa ninguna tontería. Yo me rindo. Me rindo.

Y empezó a caminar lentamente Paco, las manos arriba y de repente, se arrodilló.

-¿Qué diablos estás haciendo? – le preguntó el hombre que ya estaba decidido a dar el último paso.

-Soy hombre muerto ya. Lo entendí. Usted no tiene ningún corazón, ninguna misericordia. No quiere perdonarme. No he robado nada, nada, nada.

-Hasta el momento. Pero lo quisiste hacer, hijo de puta. Y te metiste en una propiedad privada. ¡Qué más quieres! Sal de inmediato o disparo, cabrón. Ya empiezas a tomarme el pelo.

Al ver que el hombre ya estaba hablando en serio, empezó a insultarle Paco a gritos y no paraba y no paraba de injuriarlo como si estuviera poseído. El hombre se puso loco y al ver Paco que estaba por apretar el gatillo, lanzó su afilada navaja que traspasó los aires y la mano derecha que llevaba la pistola. De tan violento y sorpresivo que fue el golpe, se encorvó el hombre viendo el chorro de su propia sangre. Y ambos huyeron a todo correr del hangar. Suerte que el hombre no era zurdo de tal forma que pudieron salir disparados. A una legua se pararon, en las riberas del lago, atacados de la risa y sin aliento. Tras averiguar si no habían perdido nada de los documentos y sellos que llevaban en la mochila, sacó Paco de ella una de las dos botellas de vino añejo que destaparon en seguida y empezaron a liarse un pitillo, contemplando el reflejo lunar de las isletas.

Índice

www.ingramcontent.com/pod-product-compliance
Lightning Source LLC
LaVergne TN
LVHW091130080826
845145LV00008B/2101

* 9 7 8 2 4 9 3 7 2 9 4 1 5 *